Sangre escocesa

Camila Winter

Published by Camila Winter, 2023.

SANGRE ESCOCESA

First edition. June 29, 2023.

Copyright © 2023 Camila Winter.

ISBN: 979-8224078295

Written by Camila Winter.

Sangre escocesa
Camila Winter

Lúgubre y triste, gris y desamparada, así vio la mansión ancestral de los Wallace ese frío día de invierno porque en verdad la casa no era un lugar bello ni cuidado, al contrario, se veía casi abandonado. Al punto que la joven tuvo que detenerse varias veces para cerciorarse de que era la dirección buscando en su chaqueta nerviosa la carta, la carta que le había enviado allí.

Nunca imaginó que una simple carta cambiaría su vida para siempre ni que entrar en esa casa la haría vivir tantos males, pero en la vida nadie sabe con certeza qué le espera en el largo camino y ella tampoco lo sabía.

Nadie habría creído que la hija de un importante lord inglés fuera a trabajar en una mansión como dama de compañía de una anciana, pero allí estaba y esperaba quedar en su puesto.

—Señorita, esta es la casa que me dijo. Puede estar tranquila—le dijo el chofer y luego se puso el gorro listo a abandonarla allí con sus dos maletas grandes.

Sin saber por qué el hombre se había puesto nervioso, tenso y ella también se sintió así cuando vio que el sujeto estaba muy ansioso de abandonarla.

—Aguarde por favor, espere... no se vaya tan pronto—le dijo.

Él la miró algo avergonzado de su arrebato.

—Disculpe señorita, es que tengo que hacer otro viaje y no me gusta estar aquí cuando cae la niebla. No es un buen presagio.

—Pero todavía es temprano—insistió la joven.

—No, no lo es. Lo siento... solo debe seguir por el sendero. Siga por el sendero que vendrán por usted y la ayudarán con sus maletas.

Evelyn miró descorazonada a su alrededor, el edificio gris rodeado de un frondoso jardín crecido parecía una mansión abandonada repleta de fantasmas. Quizás ni siquiera fuera la casa que buscaba, pero llevaba consigo la carta y otros documentos y en realidad no creía que ese cochero pudiera llevarla por un lugar equivocado.

Solo que el miedo de ese hombre la preocupaba. Pues no era la primera vez que notaba cierto recelo al mencionar la mansión de los Wallace. Como si se tratara de un lugar maldito y eso la puso muy tensa pues se suponía que allí vivía su futura empleadora, una orgullosa dama escocesa que ostentaba el título de condesa. Y viviría allí un tiempo si lograba tener un puesto y no le agradaba la perspectiva de que el lugar estuviera embrujado.

Suspiró. Y armándose de valor tomó sus dos maletas y atravesó el camino de grava con cuidado pensando que había llevado demasiado equipaje, pero era todo cuanto tenía ahora, sus dos maletas repletas de ropa, algunos libros y otros recuerdos.

Miró a su alrededor y más de cerca la mansión octogonal le pareció mucho más terrible y fantasmal. Tenía tantas ventanas, pero no había nadie allí, como si estuviera vacía, los jardines se veían abandonados, descuidados y se preguntó a dónde la habían enviado. ¿Por eso necesitaban una joven dama de compañía extranjera? ¿Porque ninguna joven de esa tierra quiso tomar esa colocación? ¿O fue una simple coincidencia?

Era un lugar apartado y cuando quiso buscar una diligencia solo le ofrecieron llevarla hasta un pueblo que distaba sesenta millas de la propiedad.

"¿Irá a la mansión Wallace? ¿Es usted parienta de esa familia?

Las preguntas del primer cochero fueron una impertinencia.

—Voy a trabajar a la mansión—declaró.

El hombre la había mirado con malicia.

—Usted no parece una sirvienta—observó.

Ella se había sonrojado.

—Es mi primer empleo, señor—le respondió la señorita.

El hombre asintió y no dijo más y luego la dejó en el pueblo sin más explicación.

Tardó bastante en encontrar quién la llevara porque nadie quería ir. No eran ideas suyas, había algo en esa casa, algo que asustaba a las personas pues cuando dijo que necesitaba ir a la mansión hubo quienes se alejaron espantado y murmuraron cosas que no pudo oír. Pero eso no era bueno.

Y cuando finalmente encontró a quién la llevara tuvo que pagarle el doble para que aceptara. Eso le pareció sucio, apenas le quedaba algo de dinero que su tía Penélope le había dado para que hiciera ese viaje.

—¿Por qué va a ese lugar? —le preguntó el rudo cochero. Un hombre alto de prominente barriga y aire ceñudo.

—Acepté un puesto de dama de compañía y me esperan.

Tuvo que decirle pues parecía reacio a aceptar a pesar de cobrarle casi el doble.

—Una joven como usted en ese lugar sombrío, es triste.

—¿Qué sucede, señor? ¿Por qué me dice eso?

—Bueno, supongo que pronto sabrá por qué se lo dije. Usted no es de aquí ¿verdad? Es una señorita inglesa. Se le nota demasiado.

Ella asintió.

—Tengo parientes aquí—dijo eso como si tuviera que disculparse.

—Pero es inglesa, una dama demasiado fina y remilgada para nuestras rudas costumbres.

¿Rudas costumbres? ¿De qué hablaba ese hombre?

—No soy una remilgada—dijo con toda la dignidad que pudo.

—Lo siento, no quise ofenderla señorita. Olvide lo que le dije, la llevaré enseguida la mansión Wallace.

Y luego de decir eso emprendieron el viaje.

Y ahora estaba allí en el medio de la nada, alejada de todo cuanto conocía con un clima horriblemente hostil y helado y una casa que parecía estar completamente vacía. O quizás solo repleta de fantasmas...

¿Y si la habían llevado a un lugar equivocado?

No. ¿Por qué harían tal cosa?

Tenía demasiada imaginación o eso le decía su madre...

Tembló al pensar en ella, en su familia, y siguió su camino esperando encontrar algún alma buena que pudiera ayudarla pues daba la sensación de que allí no había nadie.

Trató de no pensar en los contratiempos para llegar a la mansión y se dijo que solo era algo fantasmal porque era un día frío y gris y todo se veía triste y solitario allí sin saber bien por qué, pero seguramente todo tendría una explicación razonable.

Sus pasos se escucharon en el silencio del lugar, solo podía oír a lo lejos el viento arrastrando la brisa a los árboles y algún otro ruido que no pudo identificar, pero allí todo era quietud y calma, una calma que no era del todo natural.

Miró la casona gris antigua construida en piedra y madera y se preguntó si no se parecí aun poco a la mansión de los Milford de Norfolk, pero luego pensó que no, esa casa vetusta y silenciosa tenía una personalidad muy fuerte y no se parecía a nada. Sus grises paredes cubierta por vegetación, la forma alta y rectangular, la cantidad de habitaciones y el paisaje circundante de pinos, abetos, con un toque gris en medio de la espesura le daba un toque singular, único...

Llegó finalmente hasta la puerta de hierro y tocó con todas sus fuerzas preguntándose si alguien podría verla desde allí. Hacía mucho frío y estaba tiritando a esa altura. Solo quería un lugar donde pasar la noche, beber algo caliente y luego, si la rechazaban, podría regresar a casa de su tía en Edimburgo.

No quería pensar en ello por supuesto. Había tenido que dejar sus vestidos más lujosos antes de dejar Norfolk para no despertar la codicia de los rateros oportunistas y para no parecer más remilgada, pero su acento y sus modales la delataban. Su acento era demasiado inglés y todos lo notaban y eso hacía que la miraran con cierto desdén y alarma. Los escoceses no veían con buenos ojos a los ingleses, ni a las damas inglesas. No entendía bien por qué, pero ciertamente que eso no la afectaba, si la dejaban cumplir su trabajo estaría más que satisfecha.

De pronto vio a alguien acercarse por el sendero y suspiró aliviada, al fin... alguien la había visto e iba a buscarla. Pero entonces vio que caminaba de forma extraña, demasiado lento y con un andar pesado como si le costara caminar o fuera una criatura espectral.

Se detuvo en seco al ver a ese sujeto de aspecto siniestro acercarse a ella con mirada torva y de resentimiento, no era un sirviente o no parecía uno, vestía con demasiada elegancia, aunque su aspecto era bastante peculiar: lo que más llamó su atención además del gesto adusto y su andar fue el cabello blanco largo en completo desorden esponjado al viento. No era natural, ningún sirviente llevaría el cabello así, pero...

—¿Señorita Evelyn Stuart? —preguntó y sonrió mostrando dos grandes hileras de dientes grandes y amarillos.

Ella asintió temerosa pues de cerca ya no parecía un fantasma sino un viejo loco.

—Inglesa, supongo—agregó mientras veía su capa y sus modestas maletas sin hacer ningún gesto de tomarlas.

—¿Y qué hace una señorita de sociedad en un lugar como este?

—Vine por el anuncio, mi tía habló con el ama de llaves. Necesito trabajar, mis padres murieron y me he quedado sin nada. Por eso.

Esa confesión tomó por sorpresa al criado y lo vio abrir sus ojos, inesperadamente azules y encapotados y mostrar cierta compasión.

—Lo siento, señorita, debí suponerlo. Aunque temo que esto sea algo pesado para usted. Soy Steve Armstrong, el mayordomo. Acompáñeme por aquí. El ama de llaves, la señora MacBean se encuentra indispuesta hoy, de lo contrario ella tendría que guiarla y explicarle el trabajo. Deberé hacerlo yo y no tengo tan buena memoria como ella... pero me esforzaré.

Y tras decir eso tomó sus maletas y las llevó consigo.

Evie lo siguió intrigada, algo molesta de que la creyeran una remilgada por ser inglesa, demasiado delicada para ese país y sus costumbres. En verdad que no entendía por qué los prejuicios de los lugareños, su reserva y desdén al saber que era inglesa. O quizás solo sentían inquietud y curiosidad hacia una forastera a quien imaginaban rica, mimada y tan presumida que era incapaz de soportar un clima rudo como el escocés, lugares inhóspitos y llenos de incomodidades.

Miró hacia adelante y buscó en su chaqueta la carta mirando la falda de su vestido de invierno, era el más discreto que había encontrado, y el menos lujoso para no despertar la codicia de los bandidos. Apenas llevaba los pendientes de oro en sus orejas y una cadena que su madre le había puesto al nacer y que llevaba muy escondida en el cuello, y dentro de la ropa. Un anillo que le obsequiaron sus tíos al cumplir los dieciséis y poco más.

Pero algo la delataba como inglesa y supuso que era su acento y algo en su estampa. No una simple inglesa sino una inglesa rica y remilgada. Pues no era ni lo uno ni lo otro, ni rica ni remilgada, pero al parecer sí daba esa impresión y eso era triste.

Apretó los labios y pensó que al menos había vida en esa mansión, había personas que atendían y cuidaban de la casa, el mayordomo le dijo algo de que lo siguiera y tuviera cuidado con el desnivel al entrar en la casa.

Se trataba de una casa antigua pero su interior era mucho más bello y repleto de antigüedades. Los muebles estaban en perfecto estado, muebles de ébano lustrosos y nuevos, los retratos, adornos, salas, cortinados y alfombras de colores sobrios, todo estaba en perfecto estado y se dijo que no era educado mirar así, como una solterona que iba a visitar a su hermana descuidada para ver si tenía la mansión familiar en buen estado, buscando el matiz de polvo o el descuido en todas partes.

Era feo hacerlo por supuesto y entonces se detuvo para ver el salón principal. El mayordomo era su guía y le mostraba algunas habitaciones.

—En otros tiempos había fiestas aquí, señorita Stuart. Pero de todas formas usted no puede estar aquí, los sirvientes solo pueden recorrer el ala sur, no lo olvide.

Ella pensó que era innecesaria la aclaración, en su país los sirvientes solo podían circular libremente por la cocina, el establo y otros lugares subterráneos, no les estaba permitido entrar jamás al salón de baile si no era para servir, o realizar la limpieza y esto lo hacían cuando salía el sol, muy temprano.

Sin embargo, en esa sala todo era quietud y silencio, daba la sensación que además del mayordomo, no vivía nadie allí.

—Aquí está la biblioteca.

La voz del mayordomo la hizo despertar de repente y lo miró perpleja pero súbitamente interesada.

—Pero no puede venir aquí a menos que el señor Wallace quiera hablar con usted—le advirtió.

—¿El señor Wallace? —preguntó intrigada pues pensó que la condesa era viuda.

—Evan Wallace, el primogénito de lady Catherine. Es quien lleva esta propiedad adelante, es el heredero y señor de estas tierras. Ahora se encuentra ausente en el pueblo.

No esperaba tal explicación, pero asintió en señal de conformidad y luego miró la biblioteca con fascinación, era inmensa, repleta de anaqueles llenas de libros muy valiosos seguramente. una biblioteca así de inmensa solo podía pertenecer a un coleccionista de manuscritos, pero qué tipo de libros almacenarían allí? Se preguntó inquieta. No lo preguntó. No era de su incumbencia.

La aparición de una mucama puso fin a la visita guiada.

—Ella es Nelly, una de las mucamas. Me avisa que su habitación está lista. Vaya con ella y quédese hasta que lady Catherine pregunte por usted. La señora duerme ahora, y duerme gran parte del día—dijo el viejo y le hizo un ademán para que obedeciera, Como si fuera un chucho.

Evelyn siguió a la mucama feliz de que la llevara a su habitación pues estaba muy cansada del viaje y del tiempo que había perdido en llegar.

A ella la casa le pareció fascinante, antigua, pero en perfecto estado, no había nada de abandono allí y pensó que la fachada era solo algo pasajero, quizás el día gris, la neblina o su propia angustia al verse en un lugar tan lejano...

La voz de la sirvienta la hizo volver al presente.

—Esta es su habitación. Le servirán el almuerzo en media hora, siempre en las horas. Le traeremos agua caliente para el aseo una vez al día y si algo sucede tiene un cordel en la cama, pero solo debe tirar de él, pero no lo haga con frecuencia porque no tenemos tantos sirvientes y tenemos cosas más importantes que hacer.

Ella asintió y pensó que esa mucama era bastante agria e impertinente. Pero luego pensó, ahora estoy del otro lado, ahora soy una de ellos, una sirvienta de categoría, pero una sirvienta al fin y por eso solo podía tirar del cordel si era de vida o muerte, no por una tontería porque nadie acudiría.

—Tampoco puede usted vagar por la casa, eso está prohibido, solo puede abandonar esta habitación si lady Catherine la llama a su habitación.

Evie no dijo nada, esa sirvienta la miraba con cierta hostilidad. ¿Tal vez porque era inglesa? Luego se marchó porque tenía mucho qué hacer dijo.

—Pero mis maletas no están aquí—observó Evie.

La mucama la miró molesta.

—¿Trajo maletas? ¿Cómo eran? —preguntó con cierta desconfianza.

—Dos maletas grandes de cuero.

—Es mucho para un trabajo temporal... nadie sabe qué dirá lady Catherine sobre usted. Su última dama de compañía duró menos de un mes—le dijo con una sonrisa pérfida.

Ese comentario la dejó un poco desanimada. ¿menos de un mes? ¿Entonces la dama tenía un carácter agrio y difícil?

La criada dijo que buscaría sus maletas y regresaría en cuanto pudiera.

Evie se quedó allí mirando a su alrededor. Se sintió bastante extraña entonces, desilusionada por tan hostil recibimiento. Pero no podía pedir más, estaba lejos de casa y a salvo de todo, por primera vez en mucho tiempo, a pesar de todas las penurias del viaje no se arrepentía.

Esperaba que lady Catherine no se sintiera incómoda de que fuera inglesa o pensara que no era apropiada para el puesto por ser tan joven. Era buena escribiendo, sabía expresarse y su letra era clara y muy bonita, no era perezosa en absoluto y, además, como ávida lectora sabía mucho de historia, arte, y algunos temas apasionantes. En vida de su padre ella se encargó de su correspondencia y él le decía qué libros leer para ser una joven culta y de conversación interesante. Él se oponía a la educación basada en bailes, piano y bordado y su madre igual y entre ambos le habían dado una educación esmerada basada en la historia, la botánica y otras disciplinas.

—Señorita Eveline. Aquí están sus maletas.

La mucama había entrado con ambas maletas y las dejó allí, cerca de la cama lista para empacar, pero vaciló un momento.

—Gracias, no se preocupe, yo guardaré todo—dijo Evie.

La criada sonrió por primera vez, ciertamente que parecía aliviada de no tener que realizar ella tal faena.

—Bueno, gracias... es que ahora tengo mucho trabajo porque habrá visitas el fin de semana—le confesó.

—No hay problema.

Evie se preguntó si no tendría que cocinarse ella misma y lavar su ropa en algún río pues al parecer nadie quería atenderla en la casa.

Aunque tal vez era mejor que no husmearan en sus cosas. no sabía si podía confiar en los criados de esa casa, eran algo peculiares. El mayordomo que parecía Aqueronte, y la mucama una chica desdeñosa y levemente agresiva... se preguntó qué podía esperar del resto de los habitantes de esa casa.

Apartó esos pensamientos sombríos y se puso a desempacar, tenía tiempo de sobra para hacerlo pues nadie le había avisado que lady Catherine fuera a recibirla en esos momentos. Abrió la maleta que contenía ropa y la arrastró hasta el mueble de ébano bastante grande que había en un rincón. Era un bonito mueble, demasiado lujoso como todos los otros muebles y le extrañó que estuviera allí, en su cuarto, cuando era una empleada que estaba a prueba. Se acercó y esperó que no estuviera guardado con siete candados pues tendría que tirar del cordel y le habían dicho que no lo hiciera a menos que estuviera muy necesitada de hacerlo. es decir, una emergencia de vida o muerte, prácticamente.

Así que se acercó al mueble y lo abrió despacio, o lo intentó, pero descubrió que estaba cerrado con llave o eso parecía. Bueno, ¿y ahora dónde guardaría la ropa? Se quejó y volvió a intentarlo, a buscar alguna forma... puede que solo estuviera atascado...

Pero ese mueble se parecía a uno que tenía su padre en la biblioteca que tenía en un lugar una especie de palanca y probó eso, y de pronto se abrió una puerta y para su sorpresa se encontró con un montón de bellos vestidos de fiesta y de media mañana. Resultaba muy extraño que ese mueble estuviera allí, repleto de ropa tan bonita pues no creía que nadie se hubiera tomado la molestia de agasajarla de esa manera.

Debía ser un error y debía avisar de ese error porque no había otro mueble para guardar su ropa.

Miró con frustración su maleta, ¿qué haría ahora? Debía guardar la ropa y cambiarse, asearse... y en realidad estaba tan cansada que no se sentía de ánimo. Había hecho un largo viaje, pero al menos estaba a salvo... o eso creía ella.

Capítulo dos

Una criada fue a verla para llevarle la cena ese día y se enteró del contratiempo con el guardarropas.

—¡Qué extraño! —balbuceó.

Algo en su expresión alarmó a la joven.

—Es que no sé qué hace esa ropa aquí ni ese mueble, pero... debe haber un error. Le diré a la señora Wallace. Vaya... qué extraño es todo esto.

—¿Qué sucede?

Se sintió picada por la curiosidad porque extrañamente era ropa de su talla, pero mucho más bonita y lujosa y se preguntó si no sería de alguna dama de la familia y...

—Es de Sophia—dijo y la miró con extrañeza.

—¿Quién es Sophia?—preguntó la joven a su vez.

—La prometida del hijo de lady Wallace. El señor Evan tenía una novia a la que amaba mucho, iban a casarse, pero ella murió de forma trágica. Esa es su ropa—respondió señalando hacia el ropero.

La joven dio un paso atrás espantada, impresionada por la noticia.

—¿Y por qué su ropa está aquí? —preguntó.

La doncella sostuvo su mirada.

—Bueno, es que iban a casarse y ella trajo todas sus cosas, ropa, muebles, obsequios. La señora estaba encantada, la quería mucho. Todos sufrieron mucho con su muerte así que si llega a quedarse aquí le aconsejo que no lo mencione nunca. Es un asunto espinoso. Triste.

¿Un asunto espinoso?

—No diré nada, soy una joven educada—respondió Evie.

—Sí, eso se nota. Es una joven fina y bonita. Pero tenga cuidado, se lo aconsejo.

—¿Cuidado? ¿Por qué?

—Bueno, es que aquí tenemos otras costumbres, no somos tan serios y formales como los ingleses, señorita. A eso me refiero.

¿La miraba con sorna o acaso lo imaginaba?

Una vez más sentía cierta animosidad hacia ella por ser inglesa y no lo entendía, luego pensó que tal vez se lo imaginaba.

—Pero esa ropa...—insistió la joven.

—¿Qué sucede con la ropa? —preguntó la mucama.

—Deberían llevarla a otro lugar—dijo al fin.

Nelly parecía vacilar.

—Hablaré con la señora y le preguntaré. Quizás se la obsequien a usted. Aquí no es costumbre desprenderse de la ropa, más cuando es tan costosa.

Evelyn pensó que no le gustaría quedarse con la ropa, pero el olor delicioso proveniente de la bandeja llamó su atención. Y como si leyera sus pensamientos la criada le dijo:

—Almuerce ahora y cuando escuche las cuatro campanadas vendré a buscarla para llevarla ante lady Catherine. Se muere por conocerla.

—¿De veras?

—Sí, está feliz... siempre se queja de que no hay mujeres en la familia y... bueno usted no es de la familia, pero ella es muy buena con sus damas de compañía.

De pronto sintió que era bienvenida, que no existía esa animosidad que había creído entre los sirvientes.

—Solo tenga cuidado y cierre siempre su habitación. Y no haga caso a las historias de fantasmas. Son tonterías. No existen. Llevo años trabajando aquí y nunca vi algo parecido a un fantasma.

—¿Fantasmas?

—Sí, dicen que este lugar está embrujado. Por eso nadie viene ya... las visitas han menguado, pero creo que eso se debe al clima hostil de las Highland—su mirada se detuvo en el guardarropa.

—¿Esos vestidos son suyos señorita?

—Sí...

—Bueno, pienso que podrá usar los demás. La señorita Sophia tenía tantos vestidos... Era muy hermosa ¿sabe? Un ángel. Pobrecilla.

Luego de la inesperada confesión sobre la antigua prometida del señor Wallace, la doncella guardó silencio y pareció arrepentirse.

—Lo siento. Hablé demasiado y no es correcto. Olvidé lo que dije—dijo y se marchó poco después dejándola sola para poder dar cuenta de su almuerzo.

La joven olvidó todo al ver la suculenta bandeja de alimentos. Patatas con crema, pollo con una salsa extraña y una gran manzana verde...

Estaba tan hambrienta que todo le supo a gloria.

Sin embargo, cuando miró de nuevo el mueble de guardarropa recordó a la joven prometida y sintió curiosidad por ver mejor esas prendas tan bellas y elegantes.

Una prometida muerta en extrañas circunstancias, de forma trágica, pero nadie le dijo qué había pasado. ¿Por qué alguien dejaría allí esas prendas? ¿Fue un simple error o alguien no la quería en esa casa?

Ciertamente que no le agradaba saber que las prendas de una joven muerta de forma trágica estaban allí, en su habitación, pero no era sencillo hacer un reclamo en cuanto eso. No habría sido prudente ni delicado. Pues todavía no sabía si quedaría para ese puesto.

Por eso cuando sonaron las cuatro campanadas tembló, su hora había llegado. La hora de la verdad.

Se miró en el espejo, nerviosa. No quería parecer presuntuosa ni muy inglesa engreída como alguien había dicho ese día en la estación. Ella no era engreída para nada, era una joven tranquila pero necesitada, necesitaba un hogar y un trabajo pues acababa de perderlo todo, pero no podía suplicar, ni mendigar. Todavía le quedaba algo de dignidad. Así que si la condesa pensaba que ella no era apropiada para el puesto porque no tenía buena caligrafía o no era lo suficientemente lista o... le parecía una inglesa remilgada y delicada...

Entonces tendría que marcharse.

Aunque no supiera a dónde.

Trató de no pensar en eso ahora y se arregló frente al espejo.

Era una joven delicada pero no muy delgada, su cabello castaño con reflejos dorados era enrulado y sus ojos eran inmensos y de color miel. No era una belleza y sin embargo sabía que cierto caballero inglés habría vendido su alma al diablo por tenerla. Pero ella lo había rechazado. Había elegido esa vida de sacrificios e incertidumbre siguiendo los dictados de su corazón pues se sentía incapaz de convertirse en su esposa.

Apretó los labios al penar en el pasado agradeciendo que al menos a pesar de las privaciones de su infancia había recibido una buena educación, su madre se había esmerado en dársela pues sabía que en el futuro las cosas se pondrían difíciles en la familia por las deudas de juego de su padre. Su educación y también sus talentos para bordar y cuidar una casa le podrían servir algún día, aunque de cierta forma a su madre le entristecía pensar en ello.

"Me encantaría verte felizmente casada con un caballero, Evie, pero temo que aquí no encontrarías buenos partidos" le dijo entonces.

Y le enseñó todo para que un día fuera la esposa de un hombre de menguada fortuna. Era necesario que estuviera preparada para pasar estrecheces y a no depender siempre de los criados.

Recordaba todo eso con cierto dolor y nostalgia.

Allí en ese rudo mansión escocés de poco le servirían las lecciones que había aprendido, o quizás sí... no debía ser tan pesimista.

Se miró en el espejo y comprendió que estaba nerviosa y se le notaba. Se notaba la tristeza y también la desesperación de esos días, escondida en casa de su tía, esperando recibir una colocación cuanto antes.

Pero nada podía hacer.

Los dados estaban echados...

LA MANSIÓN ERA UN EDIFICIO lleno de historia, celoso de sus tradiciones y con muebles antiguos y bonitos, miró deslumbrada los tapices y la magia que había en cada habitación.

Cuando entró en la sala de música donde aguardaba la condesa se tensó pues la dama no estaba sola, un grupo de comadres la acompañaban a tomar el té seguramente y de pronto se sintió como una intrusa, como una visita inoportuna.

No sabía a ciencia cierta cuál de todas era lady Catherine Wallace, pero nada más entrar sintió una mirada oscura mirándola con gesto torvo. Una dama de ojos negros como cuentas de azabache y nariz aquilina de pajarraco hizo una especie de chasqueo con la lengua mientras la miraba y le decía algo a la mujer gorda que estaba sentada a su lado y sudaba profusamente agitando su abanico.

Luego comprendió que eran un grupo raro, tenían edades similares que podía describir como algo indefinidas, ni jóvenes ni viejas, damas todas escocesas sentadas alrededor de la mesa redonda mientras bebían té y conversaban y la miraba con creciente interés.

—Buenas tardes, disculpe—murmuró ella.

La mucama la presentó y la dama de más edad la invitó a acercarse.

—Y tú debes ser la remilgada niña inglesa—dijo la más alta vestida de color marrón.

De cabello castaño y varias hebras plateadas era una dama con carácter, altiva y parecía estudiarla con franco disgusto. El solo hecho de llamarla remilgada niña inglesa la hizo retroceder como si le hubieran dado una bofetada.

—Oh no me mires así, niña, solo bromeaba. Eres una muñequita buena y dulce, se ve a la legua. Y además muy guapa y fina.

Evelyn tragó saliva y trató de sonreír.

—Ven, siéntate con nosotras por favor. Acompañadnos con una taza de té a la inglesa. Solo que aquí no servimos esos bollos de crema tan ricos, solo pastas y un bizcocho dulce de frutas.

Ella obedeció ante la mirada atenta de las demás señoras que la observaban mientras cuchicheaban en un dialecto conocido para ella: el gaélico. Sabía de ese idioma porque su madre era escocesa y solía hablar con su hermana ese dialecto para que nadie pudiera entender lo que decían. Como era una niña curiosa insistió en aprender, pero su madre solo le enseñó unas pocas frases pues al parecer no quería que ella pudiera entender de qué hablaban. Con el tiempo lo descubriría, pero ahora como entonces no pudo saber si las damas hablaban bien o mal de ella, pues además hablaban rápido y entre cuchicheos.

De pronto tuvo ganas de correr, de alejarse. Pensó que no sobreviviría entre tantas damas escocesas que parecían estudiarla con creciente interés y antipatía.

—Por favor, come algo. Te ves fatigada y te faltan colores. Aunque eres mucho más bella de lo que había esperado en realidad.

A sus otras amigas no les hizo mucha gracia eso y escuché que una de ellas decía en inglés: "demasiado bonita para no causar problemas".

Ella miró a la anfitriona atribulada. No sabía cómo tomar sus palabras, le sonreía abiertamente mientras le señalaba el plato con el bizcocho de frutas.

Tomó un trozo con timidez y luego bebió un poco de té y se quedó allí quieta, mortificada. Como un perrito perdido aceptó el rezongo y luego que le rascaran la cabeza diciéndole que era muy bonita.

—Pero necesita engordar, no tiene suficiente carne—dijo una a la distancia.

—No es necesario, solo necesita descanso y alimentarse bien—respondió la anfitriona.

Una tercera de sombrero pintoresco dijo algo ininteligible y otra se rio por lo bajo.

—¿Qué edad tienes pequeña? —le preguntó lady Catherine.

—Diecinueve, señora.

—Te ves más joven... habría preferido una joven de más edad, en fin. Ahora ya estáis aquí y nada puede hacerse—declaró.

—¿Y ha hecho el viaje sola, sin sirvientes, señorita Stuart? —preguntó la dama que se abanicaba.

—Mi tía me acompañó hasta Edimburgo, pero luego... Creí que podría encontrar una diligencia, pero nadie quiso traerme hasta aquí, debí hacer dos viajes.

Dos viajes y gastarse la mayor parte del dinero que llevaba.

—Oh pobrecilla. Nadie te habló de los fantasmas que hay en la mansión, supongo.

Ella lo negó con un gesto.

—Pero la señora McNeil debió decirte. Ella te escogió entre otras candidatas porque sabía que yo esperaba que fueras apropiada para el puesto.

—No me dijo nada, lady Catherine.

—Qué pena... bueno, ahora ya estás aquí y estoy muy contenta de hayas venido. Comenzaremos mañana a ordenar mi correspondencia. Hoy ve a descansar.

Evie comprendió que la estaba despidiendo y no hizo más preguntas. Al parecer había aceptado que se quedara y comenzara el trabajo, pero... tuvo miedo de repente. No sabía si quedaba contratada o estaría a prueba y conociendo el temperamento de la anfitriona no se sintió segura.

Ciertamente que se sintió aliviada cuando dejó atrás a las comadres conversando y cuchicheando a sus espaldas. Le recordó a una granja y una reunión de gallinas gordas cacareando sin parar mientras sacudían sus plumas.

SIN EMBARGO, NO FUE llamada ante su señoría hasta dos días después y hasta entonces se lo pasó prácticamente encerrada practicando su caligrafía y leyendo algunos libros pendientes.

Estaba muy tensa cuando entró en la habitación de la condesa.

Esta se encontraba bebiendo té con otra dama y la miró sonriente.

—Pasa querida, ven, quiero presentarte a mi prima, la señora MacInner.

La jovencita se acercó y saludó a ambas damas con una inclinación.

La dama en cambio no parecía muy contenta de verla.

—Pero tú no necesitas una dama de compañía, tienes sirvientas de sobra—se quejó.

—Oh claro que sí, todas las mujeres de mi edad tienen damas de compañía que las ayudan a escribir carta y realizan todo eso que resulta tan tedioso.

La prima de la condesa puso torvo semblante. Tenía una cara redonda y mofletuda muy poco agraciada y empeoraba cuando algo la disgustaba.

—Será una tentación innecesaria. Es demasiado bonita para que no dé dolores de cabeza, Cathy. Te arrepentirás. —dijo.

—Oh cállate Annie, la niña es un ángel. Mírala. Parece un pajarillo asustado.

—Pero tú tienes un hijo varón soltero, ¿lo olvidas?

La condesa se rio con ese comentario.

—Mi hijo ha dicho que no piensa casarse, lo olvidáis. Además, si lo hiciera...

Si lo hiciera no escogería a una dama de compañía, eso quiso decir y la prima asintió complacida.

—Supongo que es broma—dijo la prima Chloé. —Como si aquí no hubiera distinguidas jóvenes para escoger—se quejó luego molesta.

—Pues Evans no quiere a ninguna y ha dicho que no se casará, pero ya sabéis el refrán, quienes aseguran que no se casarán son los primeros en hacerlo.

—Pues yo pensaba en Margaret.

—No, él no la quiere. No es muy guapa la pobre, pero sí encantadora, lo confieso.

—Pues un hombre no debería ver solo el envoltorio en una dama, mi padre decía que... El cuerpo se arruga, envejece, decae, pero lo que hay en el corazón de una mujer es lo más valioso.

La condesa consideró eso con un gesto.

—Supongo que es verdad, solo que no puedes pedirle a un hombre joven que busque un corazón noble. Ellos siempre buscan la joven más guapa para casarse, sería tonto negarlo.

Su prima tuvo que reconocer que tenía razón.

—Ya le he hablado de ello a mi hijo, además—continuó la condesa— Intenté hacerle ver que una prima es mejor que nada, pero él no quiere casarse.

—Pero debe superarlo...

—¿Y qué quieres? ¿Que lo obligue? ¡Es un hombre!

—Claro que no... por supuesto.

Ambas hablaban con total honestidad y franqueza, olvidando que ella las estaba escuchando. Hasta que lo recordaron y la miraron con pena.

—Pobrecilla, parece asustada... no te angusties querida, es mi prima y somos como hermanas. Nos decimos la verdad en la cara, siempre. Nuestro lema es: nada de remilgos ¿no es así Chloe?

Ambas se rieron, pero Evelyn se quedó mirando a ambas algo mortificada. No sabía qué pensar ni qué atenerse y ciertamente que no la agradaban que la vieran a ella como una candidata para el primogénito de la condesa. No tenía pensado casarse, no había ido a ese mansión para buscar un esposo, solo necesitaba ese trabajo y un hogar donde quedarse, nada más.

No era una oportunista ni tampoco una joven desesperada por conseguir esposo.

Apartó la mirada y organizó la correspondencia en poco tiempo mientras las dos damas conversaban, pero ella concentrada, dejó de oírlas.

No fue un buen comienzo, estaba muy tensa, pero al menos ese día pudo cumplir con la tarea.

—Muy bien—dijo entonces lady Catherine con una sonrisa leve y burlona.

Ella trató de sonreír, pero no pudo.

—Tenemos que conversar de las condiciones del trabajo. los horarios y descansos y la paga.

Esas palabras la animaron de inmediato, pues lo que más necesitaba en esos momentos era estabilidad y saber que quedaría en el puesto.

—Entonces... ¿quedaré contratada lady Wallace?

—Bueno, si quieres quedarte el puesto es tuyo. Solo tendrás que aprenderte algunas reglas sobre lo que puedes y no hacer en esta mansión, niña.

Ella tragó saliva pensando que no sería tan sencillo, nada lo era, y cuando alguien era tan generoso entonces... algo tramaba.

—Para empezar, debes prometer silencio y discreción sobre lo que escuches y veas aquí en la mansión. Tienes prohibido comentar algo con nuestros vecinos o con nuestros sirvientes. No están permitidos los cuchicheos.

—Por supuesto.

—Aguarda a que termine por favor, eres muy impaciente.

—Lo siento, señora.

—Está bien—hizo un ademán la dama escocesa.

—Discreción y honestidad. Cumplirás con los horarios y también con lo que yo te ordene. Es decir que, si un día tu presencia aquí me molesta porque tengo cosas más importantes que hacer, te quedarás en tu habitación o tendrás opción de dar un paseo, pero lo harás acompañada por una de mis criadas y por un lapso no mayor a dos horas. Los hombres de aquí son algo rapaces con las mujeres jóvenes y bonitas y no quisiera que nada malo te pasara.

Evelyn se crispó al pensar que en esa mansión había hombres tan poco honorables que eran capaces de atacar a un miembro del servicio.

—No confíes en nadie, muchacha. Por más que te parezca un buen hombre. No es que no tolere los romances entre las personas a mi servicio, pero tengo ciertas reglas y no quisiera tener que expulsar a uno de mis mozos por tu causa o tener que propiciar una boda con un simple campesino. Creo que tú podrías tener algo más.

La dama suspiró y la miró de arriba abajo.

—Mis amigas dicen que eres demasiado guapa para ser una simple dama de compañía y que eso me traerá problemas, pero tú no eres de las que da problemas supongo, sospecho que nunca has dado problema a nadie. Eres demasiado tímida para eso y sin embargo fuiste muy audaz al hacer un viaje tan largo. ¿Por qué lo hiciste?

Evelyn comprendió que esa dama no era tonta y querría saber cosas de su familia y eso la avergonzaba, no quería que supiera que su padre había sido un jugador y lo había perdido todo por sus deudas de juego.

—¿Por qué lo hizo señorita?

—Es que no me quedaba nada lady Catherine, mi familia se empobreció y necesitaba alejarme.

Durante años había cuidado a su madre hasta que murió y entonces no le quedó nada. Su historia era triste y ella solo quería recomenzar en otro lugar y viajó a Edimburgo luego de recibir una invitación de su tía escocesa. La historia era algo extraña, su madre era escocesa, pero se enamoró del guapo inglés que resultó ser un tiro al aire: su padre y dejó una vida cómoda y llena de lujos para enterrarse en una finca arruinada hasta que murió.

Se emocionó cuando la contó. Claro que no usó esas palabras sino otras mucho más elegantes y apropiadas.

—Oh vaya, qué historia triste. ¿Y no tenía hermanos o tíos?

—Hermanos no, mi madre no pudo tener más hijos, señora y sí tenía tíos, pero yo preferí viajar con mi madrina a Escocia.

—Qué pena que no pudieran hacer más por ti, pero imagino que tú tienes una férrea voluntad a pesar de parecer frágil como un gatito. A veces las personas así dan una sorpresa a los demás.

Ella tragó saliva. No se consideraba voluntariosa ni tan audaz. Siempre había sido una hija obediente y tranquila y jamás les había dado disgustos a sus padres.

—Bueno, puedes quedarte, pero deberás seguir las reglas sin excepciones. Todos los criados y sirvientes que entran en esta casa están bajo mi cuidado y protección y también aceptan mis reglas o son expulsados sin contemplaciones. No tolero el robo, ni la mentira, ni la calumnia ni tampoco la lujuria. Soy bastante estricta con ciertas cosas, pero puede estar tranquila que si cumple con las normas tendrá el puesto y con el tiempo recibirá un aumento de su salario. También le exijo que, ante cualquier situación incómoda, ante cualquier anomalía que vea en la mansión, situación injusta, o lo que quiera comentarme venga a verme sin dilación y me lo diga a mí de inmediato. ¿Ha comprendido?

—Sí lady Catherine, por supuesto.

—No debes tener miedo de decirme si algo te parece extraño.

Ella recordó la ropa en sus aposentos, pero no pensó que fuera apropiado comenzar con quejas en su primer día de trabajo. Acababa de decirle que podía quedarse así que debía sentirse feliz.

Lo que no entendía era qué era aquello que debía contarle sin demora en caso de ocurrir en la casa, pero no hizo preguntas ni habló nada de la ropa de la antigua prometida del señor de la mansión. El heredero. No tenía ni idea quién era ni creía que fuera idea indagar. Todavía resonaban en sus palabras las maliciosas insinuaciones de la prima de la condesa como si ella estuviera buscando un marido y una vida mejor...

Apretó los labios disgustada al pensar que muchas comadres lo creían. Veían a una joven soltera y pensaban que buscaba marido.

Ella no estaba interesada en buscar un esposo y mucho menos intentar coquetearle al hijo de la señora de la mansión. Eso habría sido oportunista y desagradable. Tenía principios...

Apretó los labios molesta y no dijo nada más.

Era hora de retirarse, la condesa le había hecho notar que estaría un tiempo organizando sus asuntos. No quería tenerla todo el día en esa labor.

Ella podía dar paseos en sus ratos libres si iba acompañada por supuesto.

Ciertamente que no le apetecía demasiado salir a dar paseos acompañada por una criada que seguramente estaría molesta por ser su chaperona cuando tal vez tuviera mejores tareas que hacer.

No le molestaba quedarse en su habitación, podría leer o escribir algo en su diario, lo tenía algo abandonado últimamente y le gustaba retomar los últimos sucesos.

¿Cuánto hacía que no escribía una línea?

Cuando entró en su habitación buscó su diario y no lo encontró, pensó que lo había dejado con las cosas sin empacar. Todo había sido tan rápido al llegar a la mansión...

Pero al menos sabía que el puesto era suyo y no tendría que marcharse.

Se dejó caer en una poltrona que encontró y suspiró recordando las enigmáticas palabras de la condesa de Wallace ese día. Le había dicho tantas cosas que no sabía qué pensar. Pero al menos quedó conforme con ella y decidió contratarla...

De pronto recordó algo y saltó del sillón y fue hasta al escritorio que había cerca de la mesa pues recordó que allí estaba su diario. Y lo encontró.

No había sido prudente dejarlo allí, debía esconderlo mejor.

Tomó el libro entre sus manos y lo leyó y tembló, allí estaban los últimos capítulos de su vida escritos como si fuera una novela, pero no era una novela, era su vida. Su vida real...

Luego de leer esas líneas no tuvo valor para escribir nada. Quizás no estaba lista para hacerlo, tenía miedo... cerró el diario con decisión y luego lo escondió entre sus ropas y miró la ropa de la joven prometida del heredero de esa propiedad. No le agradó saber que tenía en su habitación la ropa de una joven muerta de forma inesperada y trágica, pensó que tal vez su fantasma podía ir a visitarla molesta por considerarla una intrusa.

Ese lugar tenía fantasmas y secretos, pero eso no le importó. ¿Qué podía hacer al respecto? Solo agradecer que la habían recibido mejor de lo esperado y le habían dado empleo. No podía pedir más que eso.

SIGUIERON DÍAS DE CALMA y ella se mantuvo apartada, alejada de los demás miembros de la familia como el resto de la servidumbre.

Conoció a unos familiares de lady Wallace, pero solo fue cortés y declinó participar de reuniones.

Prefería quedarse en su habitación pues no quería pedir compañía para recorrer los alrededores de la mansión.

Pero no le importó quedarse allí, le gustaba emplear su tiempo en leer y no ser una molestia ni provocar los celos de las amistades de madame que pensaban que ella estaba detrás del heredero Wallace o algo así. En realidad, ni siquiera lo había visto ni le interesaba ser presentada.

Tenía bastante trabajo y mantenerse ocupada le hizo bien.

Esa mañana la condesa no parecía estar muy de humor para conversar y simplemente le pidió que organizara unas cartas viejas que tenía guardadas en una caja y las separara en grupos.

Le sorprendió que le pidiera eso pues las cartas eran algo personal pero la dama, como si leyera sus pensamientos le dijo:

—No se preocupe, no encontrará una carta comprometedora. Son todas de amigas o parientas, algunas de Francia de una vieja amiga, pero me interesa que busque una carta escrita en francés de madame Guerine. Le anotaré su nombre. El resto puede organizarlas, agruparlas para que estén ordenadas y nada más. no es prioritario eso. Trate de encontrar las cartas de la francesa Guerine por favor. Solo esas me interesan. Las demás puede dejarlas para más tarde.

—Así lo haré, señora, por supuesto.

La caja pesaba un poco, pero se las arregló para llevarlas a su dormitorio pues la señora no esperaba que perdiera tiempo en eso.

Cuando entró en su habitación cerró la puerta con candado y dejó la caja sobre la cama y se puso a ello, a organizar la correspondencia.

Amaba las cartas, esas cartas que había recibido desde pequeña de algún pariente lejano y más adelante sus amigas que se habían mudado del condado. Una carta era un trozo de vida, escrito en líneas, una carta podía cambiar muchas cosas sí...

Se puso seria al recordar la carta que recibió su madre antes de enfermar de los abogados de su padre diciéndole que le aconsejaban vender la propiedad para saldar sus deudas. La carta que recibió un día de un misterioso admirador y la hizo ponerse como una fresa. Recibió varias cartas de ese joven hasta que notó que su madre se ponía triste al pensar en su futura boda.

—¿Por qué te sonrojas, querida Evie? Tú no estás hecha para el matrimonio, no tienes salud. Eres como una niña grande y eso nunca cambiará.

Evelyn miró a su madre entonces con tristeza, eso no era verdad, no era una niña, su vida había cambiado mucho luego de perder a su padre y comprender que este solo le había dejado deudas y no podrían vivir eternamente de la caridad de sus tíos. Ella tuvo que hacer algunas labores doméstica escandalizando a su madre quien le repetía que nunca encontraría un marido si estropeaba sus manos con las tareas domésticas. Que una verdadera dama no debía hacer el trabajo de una criada.

—Nunca tendré un esposo, madre—replicó ella.

Su madre la miró con tristeza, pero también algo de alivio.

¿Porque si ella se casaba quién la cuidaría? Quizás por eso no quería que se casara y durante años le hizo creer que el matrimonio no era para ella.

También debía darle tristeza ver trabajar a su hija y por eso se negó a que aceptara una colocación como gobernanta de los hijos de un primo lejano de su padre.

¿Qué pensaría ahora que era la dama de compañía de una remilgada señora escocesa?

No le gustaría nada.

Apartó esos pensamientos crispada pues no podía pensar en su madre muerta, era aterrador, durante años la había cuidado y luego....

Tomó decidida las cartas y comenzó a clasificarlas. Aunque la madame no se lo había pedido tenía tiempo de sobra para ordenar su correspondencia y guardar las cartas en sus sobres amarillos antes de enfrascarse a buscar las cartas escritas en francés de una tal Guerine.

Debía tenerle mucha confianza para entregarle esas cartas. La incomodaba de sobremanera poder encontrar algo indiscreto en esa caja, aunque no imaginaba que la dama escocesa escondiera algo inapropiado allí, a la vista de cualquier sirviente en esa caja.

Ordenó todo en poco tiempo, y luego comenzó a buscar las cartas en francés, para su sorpresa solo había encontrado dos, ella sabía francés por la esmerada educación que le había dado su institutriz en los tiempos de prosperidad así que sin llegar a leer demasiado supo identificar las cartas y las dejó aparte buscando otras, pero solo encontró dos. Pensó que habría más, algo de eso le había dicho la señora hacía un momento.

Pero solo encontró dos cartas. Resultaba desconcertante. Debía haber más...

Comenzó a leer las que habían quedado en el cajón, solo alguna palabra para saber su idioma, pero solo había cartas escritas en inglés y en otra lengua que debía ser gaélico a juzgar por las expresiones.

Su labor fue más rápida de lo que esperaba, pero entonces alguien llamó a la puerta.

Alarmada fue a atender, inquieta pues no solía recibir visitas, solo a las horas que le llevaban el agua caliente o la cena, pues solía desayunar y almorzar en compañía de la condesa en sus aposentos.

Y no era más de las tres...

Miró a la criada Nelly estupefacta.

—Señorita Stuart, la condesa me pide que la acompañe a un paseo por los jardines—dijo ella.

La joven emitió un sonido de sorpresa.

—Es por su bien, dice que está muy pálida por estar encerrada y me he ordenado acompañarla.

Evelyn se lo pensó.

—Es que no quiero ir ahora, no puedo, tengo trabajo.

—Pero la condesa lo ordena. Deje todo y acompáñeme ahora o me castigarán. Por favor. Si no hago lo que la señora Wallace ordena... pensará que soy una perezosa.

La angustia de la criada parecía genuina.

—Está bien, iré en un momento. Debo cambiarme.

Evelyn no quería ir con su ropa de uso diario, buscó algo bonito y discreto y se cambió. Luego se miró en el espejo y pensó que debía hacer con su cabello, quizás cubrirlo con un sombrero, lo más sencillo, o cepillarlo y sujetarlo en lazos...

La criada apareció de repente para ayudarla y a ella le pareció una exageración tanta insistencia, no se sintió cómoda. Como tampoco cuando al llegar al piso de abajo sintió las miradas de desaprobación cuando llegó al comedor en los demás criados. El ama de llaves la miró con extrañeza y los demás como si no fuera correcto que una simple dama de compañía saliera a dar un paseo tan arreglada. O eso imaginó ella.

Se alejó nerviosa sin mirar atrás, pensando que tal vez se lo estaba imaginando, pero cuando llegó a los jardines respiró hondo de nuevo. La visión del bosque a la distancia y el cielo azul inmenso le dio ánimo y de inmediato se sintió bien.

—Por aquí señorita, sígame.

La criada pelirroja era su guía, ella la llevaría por los lugares más bonitos y ella la siguió contenta de poder alejarse un poco de la casa. Ciertamente que de repente comprendió que su señoría tenía razón: llevaba demasiado tiempo encerrada, casi desde su llegada y necesitaba hacer un poco de ejercicio.

En verdad que no le molestaba estar confinada, al contrario, tenía cierto encanto poder quedarse en su habitación sin ver a nadie, sin tener que ver a nadie o aprontarse. Ni agradar...

Pero sí echaba de menos los paseos y suspiró sintiendo que no podía haber escogido lugar más bello que ese.

—Por aquí, señorita...

Ella la siguió unos pasos y de pronto se detuvo pues tuvo la sensación de que se alejaban demasiado.

—No tema, este es un lugar seguro. Mire. Quería mostrarle el lago a unos metros.

Evelyn se acercó entusiasmada pues podía oír el murmullo del agua, pero entonces tiritó pues no había llevado abrigo suficiente y hacía mucho frío en ese lugar.

—Venga, sígame...

Algo pasó entonces, la criada se alejó muy deprisa y aunque corrió no pudo seguirla, fue tan rápido que...

De pronto se encontró frente a un lago muy bonito, pero sin nadie alrededor.

—Nelly, Nelly...—empezó a llamar aterrada.

Miró a su alrededor y no vio a nadie y le pareció muy extraño y aterrador que la llevaran a ese lugar de repente, la obligaran a vestirse, a acicalarse para luego dejarla allí perdida...

Eso no tenía sentido. ¿Por qué harían algo así?

Tragó saliva y procuró dominarse. La casa no podía estar muy lejos, solo debía buscar la forma de orientarse y... regresar.

La visión del lago no le pareció tan bella ahora ni tan gratificante, se preguntó si acaso la condesa no estaría mal de la cabeza y a pesar de haberla recibido con tanta gentileza no querría...

No querría librarse de ella enterrándola en el lago como había leído en esa horrible novela una vez...

Respiró hondo y se alejó lo más que pudo del lago y trató de buscar la forma de regresar a la casa. Pero de pronto sintió pasos y tembló, alguien se le acercaba con sigilo sin decir palabra. Evelyn comprendió que esa era la razón por la que la habían llevado allí y corrió, corrió con todas sus fuerzas mientras gritaba y pedía ayuda.

Corrió con todas sus fuerzas hasta quedar exhausta y de pronto vio a un hombre frente a ella, un hombre vestido con pantalón y camisa blanca. Parecía salido del lago pues tenía el cabello húmedo. Sus ojos oscuros la miraron con curiosidad y diversión.

Evelyn pensó que no día hablar con campesinos, ni siquiera estar cerca de uno, la condesa se lo había advertido. Menos uno muy guapo que la miraba con aviesas intenciones.

—Hola preciosa, ¿te has perdido?

Ella tragó saliva y su terror aumentó al ver que ese hombre se le acercaba.

No dijo nada, estaba demasiado asustada y lo miró. No parecía un campesino en realidad, notó que llevaba una cadena de oro y una medalla en su pecho y su aspecto era aseado y sus manos cuadradas no parecían tener marcas. No era pelirrojo como muchos en esa tierra, su cabello tenía un tono rubio oscuro y ondeado y sus ojos tenían una mirada ámbar muy extraña, casi hipnótica mientras sus labios gruesos esbozaban una sonrisa traviesa.

—Tranquila, no voy a hacerte daño muchacha... tú no eres de aquí. Pareces muy asustada, ¿qué sucede?

Ella tragó saliva y se dijo que debía hablar para que ese hombre la ayudara, pero en verdad sí estaba muy asustada. Sabía que no debía estar sola allí, por algo le habían encomendado una criada para que la acompañara.

—Nelly. Vino conmigo. No está aquí, ella dijo que quería mostrarme el lago.

Hablaba como una niña de cinco años y avergonzada intentó explicarle lo que había pasado. El desconocido la miró con interés.

—Mientes... tú no eres de esta tierra.

La jovencita se alejó y quiso correr, pero ese hombre malvado le cerró el paso y se puso frente a ella.

—Yo... por favor, déjeme en paz.

La mirada de ese desconocido la hizo temblar de pies a cabeza, la miraba como si quisiera devorársela, con un deseo abrumador y evidente, la miraba como mira un hombre a una mujer guapa y deseaba. No era tonta. Ya la habían mirado así antes y solo quería correr.

Y como si comprendiera que estaba aterrada le dijo que se tranquilizara.

—Solo dígame qué hace en mi propiedad, bella desconocida y la dejaré ir. Dígame su nombre porque usted no es de por aquí. Estoy seguro.

—Soy de Norfolk—le dijo ella temblando. —vine hace una semana.

—¿Y por qué está aquí?

—Trabajo para la condesa, lady Catherine—balbuceó temblando. Él no le creía.

—¿Trabajas para la condesa? —repitió y le sonrió de forma burlona. Ella pensó que ese hombre era un mozo atrevido y descarado.

—Así es.

—Pero yo nunca te había visto... vamos. Deja de mentir, preciosa.

Evelyn estaba a punto de gritar al ver que ese desconocido quería tocarla, agarrarla.

—Déjeme en paz, no se atreva a tocarme o lo lamentará—le dijo amenazante.

Su forma de enfrentarle pareció detenerle.

—Pero si no quiero hacerle daño. Tranquila. Encantado de conocerla, señorita. Es usted muy hermosa... no debería recorrer el bosque sin compañía.

—Me acompañaba una criada y de pronto desapareció.

—¿De veras? Pues venga, le mostraré los alrededores y me dirá lo que pasó.

Ella se plantó y lo miró con fiereza.

—No... creo que deseo regresar a la casa, el paseo de hoy se ha arruinado.

Él sonrió de forma inesperada mostrando una hilera de dientes blancos y parejos.

—Lo lamento, no quise arruinar su paseo, por favor acepte una disculpas.

No lo escuchó, solo quería escapar de ese hombre y casi corrió por la pradera rumbo a la casa. No estaba muy lejos o no debía estar muy lejos, pero cuanto más corría en la dirección que ella creía estaba en la casa se vio en el medio de la espesura.

—Aguarde señorita. Creo que se ha perdido.

Ella se detuvo en seco crispada, allí estaba de nuevo ese escocés rubio y de ojos inesperadamente oscuros, de rostro ancho y sonrisa atrevida.

Parecía un pícaro. Un mozo pícaro en busca de una chanza... rayos.

—No sé dónde está la casa—dijo al fin rendida ante lo evidente pero alerta ante cualquier contrariedad.

—Lo imaginé, usted no es de estos parajes. Se ve demasiado delicada y su acento. ¿Acaso es inglesa?

La joven asintió y se alejó porque ese hombre volvía a acecharla y le daba terror, sabía que los mozos eran unos salvajes, más si eran escoceses...

—Por favor aléjese de mí o juro que lo lamentará—le dijo con inesperada fiereza.

Él se le acercó y la miró alerta, ofendido quizás por su fiera réplica.

—No soy un bandido señorita, deje de mirarme así. Nunca le haría daño a una mujer, y menos a una tan hermosa.

Ella sintió su corazón latiendo sin parar en su garganta y por un instante temió que fuera a besarla, pues no dejaba de mirar sus ojos y sus labios a la vez mientras le cerraba el paso haciéndole comprender que no escaparía de él.

—No tema señorita, la llevaré de regreso a la mansión. Venga. Conozco bien el camino—le dijo y luego de forma inesperada le dio la espalda y se alejó dando largas zancadas.

Evelyn solo quería regresar, pero como no podía hacerlo sola tuvo que aceptar su compañía. Le dio mucho miedo que ese hombre intentara algo allí en el bosque, no se sintió segura pues sabía que los caballeros de ese lugar eran muy distintos a los de su país. Eran algo rudos y tenían otras costumbres según su tía.

Evelyn siguió al mozo a cierta distancia. Sus miradas le habían provocado alarma y solo podía rezar para que cumpliera su promesa de llevarla a la casa.

—¿Y qué hace una chica inglesa aquí? ¿No tiene familia? —le preguntó con brusquedad.

A ella le pareció incómodo y bastante ridículo darle explicaciones a un simple criado, pero se contuvo.

—La familia de mi madre es escocesa, por eso vine y necesitaba la colocación. Necesito trabajar.

—¿Y no encontró un esposo para evitar ser la sirvienta de lady Catherine? Una chica tan guapa como usted. ¿Qué les pasa a los ingleses?

Ella se puso colorada cuando le dijo eso, fue tan inesperado.

—Soy demasiado pobre para tener un esposo y, además, no tengo interés en buscarlo tampoco—dijo al fin.

Puesto que era rudo y le hacía preguntas tan poco delicadas ella decidió no andarse con remilgos y le dijo lo que pensaba.

—Una dama tan bonita debería tener un esposo que cuidara de ella, pero no se preocupe, aquí encontrará uno muy pronto—le respondió él y sonrió levemente como si le dijera una picardía.

Ella se sonrojó ante los vaticinios osados del joven, pero no dijo nada porque si lo hacía él le respondería. Tenía pinta de ser un mozo osado y conversador, no sabía qué era más, si atrevido o guapo o ambas cosas y se preguntó qué hacía merodeando en los jardines de la mansión como si fuera parte de la familia. Quizás fuera un criado de confianza.

De pronto se quedó callado y comprendió por qué, a poca distancia estaba la casa y había unos mozos con unos caballos.

—Bueno, fue un placer cuidar de usted y traerla sana y salva. La próxima vez que desee dar un paseo pida que la acompañen porque no está usted en Inglaterra señorita, hay peligros en estas tierras. Y las damas hermosas y delicadas son muy codiciadas aquí—le dijo sin rodeos.

Ella le agradeció y se marchó con prisa mientras el atrevido mozo se quedaba allí parado mirándola a la distancia.

Tampoco era la señorita de la mansión, era una simple criada de categoría y no pensaba volver a dar un paseo por el momento. Todavía le temblaban las piernas por el susto y por un instante temió que...

Alejó esos pensamientos y se dispuso a entrar a la mansión.

Solo quería encerrarse en su habitación y descansar y hablar con Nelly y preguntarle por qué la había dejado sola. Parecía una broma malvada de sirvientes celosos y salvajes. ¿O acaso tenía otro propósito?

¿Buscaban hacerla enfadar y que se alejara de la mansión o era una simple broma tonta escocesa?

Buscó a la criada Nelly, pero no estaba visible por supuesto y mientras regresaba a su habitación tampoco la vio por ningún lado.

Molesta se encerró en su habitación y recordó los consejos que había recibido de esa otra doncella que le dijo que siempre durmiera con los cerrojos echados. Debió decirle que tuviera cuidado con los mozos del bosque y también avisarle que a veces los sirvientes hacían bromas.

Capítulo tres

Olvidó el incidente a la mañana siguiente cuando acudió a la habitación de la condesa a primera hora. Tenía que avisarle que solo había encontrado dos cartas y le llevó la caja toda organizada, con los sobres separados como le había pedido.

La condesa parecía de muy buen humor, pero ella se crispó al ver a Nelly a su lado atendiéndola. Era una de sus criadas de confianza por eso trató de mostrarse afable y no decir nada de la jugarreta de la tarde anterior.

La voz de la dama llamó su atención.

—¿Entonces pudo salir de paseo ayer? Vaya, Tiene mejores colores hoy.

Evelyn asintió y sonrió levemente.

No dijo nada del atrevido mozo ni que la criada que se suponía debía guiarla y acompañarla había huido como un ratón asustado.

Los criados de ese lugar en muy unidos y muy fieros, además el joven mozo tampoco le había hecho daño alguno, solo la había mirado con deseo y le había dicho unas tonterías intrascendentes.

—Solo di un paseo corto—dijo entonces.

—¿OH de veras?

La desilusión de la dama fue evidente.

—Pues qué pena. Es tan joven para vivir encerrada. Por favor, debe dar paseos matinales, son buenos para la salud. Hágalo ahora antes de que llegue el crudo invierno, además, el invierno es muy hostil en las Highland.

Ella asintió y le entregó la caja explicándole que solo había encontrado dos cartas.

Lady Catherine sonrió encantada, sorprendida por su rapidez

—Oh vaya, lo ha hecho usted muy rápido. Está bien, no se preocupe, tengo otra caja donde buscar.

Evelyn se sorprendió al ver que tenía una caja exactamente igual y también repleta de cartas. Suspiró. Bueno, no le había llevado mucho trabajo.

—No hay prisa por buscar en esta caja señorita, tómese un descanso. Necesito que escriba una carta ahora—dijo luego.

—Por supuesto.

De pronto sintió la mirada de Nelly, la criada que había tenido la astucia de no aparecerse en su habitación, pero ahora como estaba con lady Catherine se mostraba altiva y petulante, como si se riera de ella por lo bajo por haberla dejado sola.

No le diría nada sobre eso todavía, pero no volvería a confiar en ella. Parecía evidente que en esa mansión no la querían. O puede que los escoceses quisieran hacerle bromas pesadas por ser inglesa como una especie de "ritual de novata o ritual de bienvenida", no lo sabía, pero no volvería a fiarse de su amabilidad.

Ese día estuvo bastante atareada, ese día y los siguientes. Pero se mantuvo encerrada en su habitación, viendo el día, el sol y las estrellas a través de la ventana. De allí observaba cómo transcurría el día en la mansión, cómo transcurría la vida incierta, agitada, colorida de los pintorescos escoceses.

Y un día lo vio; al mozo atrevido del bosque, lo vio caminar con cierta insolencia hacia la casa luego de dejar su caballo en manos de otros mozos.

Llevaba el cabello muy revuelto y notó que miraba a una moza con audacia y ella le sonreía feliz.

Apretó los labios crispada sin comprender por qué ese hombre se tomaba tantas licencias, ni por qué entraría a la mansión, pero asustada corrió a echar los cerrojos por si intentaba llegar a ella. Le pareció bastante audaz de su parte que lo intentara, pero no pensaba correr riesgos... tembló para sí, era guapo, su andar, su espalda ancha fuerte delataba que seguramente realizaba trabajos rudos en el bosque. ¿Un leñador? Había notado que quienes hacían esas tareas tenían los brazos fuertes y la espalda ancha, musculosa.

De pronto sintió unos golpes en la puerta y dio un respingo.

—La condesa la espera en su habitación, señorita. Necesita de usted—le dijo Nelly mirándola con cara de culpable, sus ojos oscuros de ratón parecían tener un brillo inusual.

Era temprano, demasiado temprano pero no dijo nada.

Fue a su habitación y aguardó a que le diera órdenes.

Era tan inesperado que casi no tuvo tiempo de arreglarse.

Una vez en su habitación notó que la condesa no estaba sola, había dos hombres jóvenes conversando de un asunto privado en su compañía y pensó que eso era un error, pues los hombres la miraron con sorpresa y cierto desagrado y aturdida miró a la condesa y luego a la doncella preguntándose si no había tramado otra jugarreta.

—Lo siento, Nelly me avisó lady Catherine, me dijo que viniera—balbuceó.

La dama la miró ceñuda pero luego sonrió.

—Pues es verdad, yo le dije que fuera a buscarla.

Ella se puso colorada, ¿entonces era cierto?

—Venga aquí, necesito que escriba una carta—replicó con mucha determinación.

Y de pronto vio que había alguien más en la habitación.

—Oh, sí, ellos son mi abogado y su asistente. Han venido aquí para que firme mi testamento. Era un asunto largamente postergado, pero necesario me temo.

Ella suspiró aliviada y saludó con timidez al abogado William Drake y su asistente Andrew McKinley. Ambos se marcharon luego de las presentaciones.

La carta era una invitación para ir a una fiesta que la condesa estaba organizando.

—Una fiesta para encontrarle esposa a mi hijo mayor—declaró la condesa y le sonrió con cierta malicia.

Ella sonrió levemente. Como en los cuentos, una fiesta para encontrarle marido a la debutante, pero en este caso no había debutante sino un codiciado heredero...

—Imagino que usted que es una damisela inglesa sabrá mucho de fiestas y etiqueta. Yo no soy así—declaró—nunca me he sentido cómoda en una fiesta de gala. Y ciertamente que prefiero una buena partida de cartas o de bridge.

—Pero yo no sé mucho de fiestas—respondió la joven nerviosa.

–Oh claro que sabe, se nota que es una dama con clase. Una perfecta remilgada.

Ella se sonrojó. No esperaba que la llamaran remilgada pero su educación le impedía replicar.

—Vamos, solo anote los nombres que le diré y escriba el mensaje en las tarjetas que le dejé en la caja. Luego hablaremos del decorado y lo demás.

La joven obedeció, pero mientras escribía una a una las tarjetas notó que la dama escocesa la miraba con interés. Permaneció en silencio hasta que de pronto le dijo:

—Me pregunto por qué no pudo casarse, señorita. ¿Por qué elegir esta tierra salvaje?

Su pregunta la tensó, fue como un latigazo.

—Tenía que cuidar a mi madre enferma, lady Catherine. Nunca consideré el matrimonio.

—Pero es muy guapa, debió tener muchos festejantes supongo.

Ella tragó saliva y no dijo nada. No quería hablar de ello, ¿por qué debía contar cosas de su vida privada?

—Nunca me interesó el matrimonio, lady Catherine.

—Oh ¿por qué dice eso? Una mujer sola es muy vulnerable en este mundo, más si es joven y bonita.

—Tal vez...

Se ponía tensa cuando le hacían esas preguntas, era natural, su vida no había sido un lecho de rosas, en absoluto y además sí había tenido un pretendiente del que no quería ni acordarse.

Cumplió con el cometido y la llegada de una amiga de la condesa la liberó de más preguntas, no podía entender por qué sentía tanta curiosidad por una simple empleada como ella.

En verdad sus preguntas la ponían nerviosa. Jamás imaginó que los escoceses fueran tan curiosos.

Mientras se encaminaba a su habitación decidió dar un paseo pues llevaba días encerrada y necesitaba tomar aire.

Pero tenía otra razón para escapar, para alejarse, esa casa de repente se le antojó una prisión, y la condesa una dama preguntona y malvada. ¿Es que no entendía que había personas que preferían no hablar del pasado? ¿Por qué debía contar sus penas y sus intimidades a una mujer que era prácticamente una extraña?

Molesta se alejó y solo se calmó cuando estuvo en esa pradera cerca de la mansión. Ver el cielo azul inmenso con unas pocas nubes blancas la hizo sentirse mejor, más aliviada, más relajada de repente, lo necesitaba, precisaba ese respiro.

Y de pronto lo vio parado frente a ella, como una visión.

El atrevido mozo de ojos cafés y cabello rubio.

Tembló al instante. Era ese hombre y estaba allí y le provocó un gran sobresalto. Como un fantasma, así sintió que era ese hombre, un espectro que aparecía y desaparecía de forma misteriosa.

Él sonrió como si pudiera adivinar sus pensamientos o quizás disfrutaba turbándola.

—Buenos días, señorita inglesa. —dijo a modo de saludo.

Ella lo miró sonrojada mientras murmuraba un saludo.

Su mirada era mucho más intensa ahora. Intensa, dura y extraña.

—Lo siento, no quise asustarla—murmuró.

—No estoy asustada, solo sorprendida—declaró.

—Creo que no me he presentado, señorita. Por eso no entiende qué hago aquí merodeando en los alrededores.

No, no lo sabía, pero no quería darle conversación.

—Soy Evan Wallace.

Evelyn no lo podía creer, se quedó mirándole sin decir palabra.

—No hubo tiempo de presentarme—agregó el joven a modo de disculpa.

—¿Entonces usted es el hijo de lady Catherine?

Él asintió.

Qué extraño, no se vestía como el nuevo señor de esas tierras. Parecía un mozo del campo en realidad. Luego se dijo que estaban en el medio del campo y no en una fiesta de galas y los hombres de esas tierras se vestían con cierta sencillez. Acababa de descubrirlo.

—¿La he sorprendido? —preguntó el joven.

Aunque ese día su atuendo era más esmerado, pantalones oscuros de franela, camisa y chaleco.

Ella no supo qué decir y tuvo sus dudas. ¿Sería realmente el primogénito de la condesa?

—Venga conmigo, quiero enseñarle estas tierras. ¿Sabe montar? Imagino que sí.

—Sí, sé, pero no puedo... debo trabajar.

—Oh no, no lo permitiré.

—Pero su madre se molestará si demoro.

—Mi madre no se molestará, se lo aseguro. ¿Venga, o acaso todavía me tiene miedo?

Ella se sonrojó.

—Claro que no—se quejó.

Él le sonrió y sin sacarle los ojos de encima le dijo.

—Entonces venga conmigo.

Evie aceptó solo para demostrarle que no le temía, pero no creía que fuera correcto que perdiera el tiempo con el hijo de la condesa, estaba segura de que a ella no le haría ni pizca de gracia cuando se enterara.

Y sin poder evitarlo él la llevó a dar un paseo por la pradera. Lo siguió algo atontada pero luego se relajó al comprender que él no le haría daño, a fin de cuentas, era el señor de la mansión y su madre parecía muy decidida a encontrarle esposa. Se preguntó qué pensaría él al respecto pues no parecía ser un hombre dócil para nada. Ni obediente. Ni tranquilo. ¿Realmente aceptaría que su madre le buscara una esposa organizando una fiesta?

Su compañía le resultó inquietante pero agradable al final, la llevó a los lugares más bonitos de la pradera, esos lugares que no se veían a simple vista y de pronto se encontró frente a un lago inmenso rodeado de montañas. Hacía mucho frío allí y tiritó. Pero era un lugar magnífico, el cielo parecía esconderse en las montañas y las nubes blancas surcaban el cielo azul. Ese paisaje le dio tanta paz...

Nunca había estado allí, pero sin embargo sentía que pertenecía a ese lugar. Que era su tierra. Mucho más de lo que había sido la vida en ese decadente señorío inglés.

—¿Extraña su tierra, señorita inglesa? —le preguntó él deteniéndose a su lado para contemplar el paisaje.

—Creo que no, me gusta su país señor Wallace—respondió ella.

Su respuesta lo sorprendió, como si esperara que dijera algo diferente. Pues se equivocaba. A ella le encantaba Escocia, solo le molestaba que todos pensaran lo contrario y la considerasen una remilgada.

—Pero aquí todo es distinto—objetó.

—Sí, lo es y me agrada. Es tan hermosa.

Su mirada cambió entonces, se volvió dulce y brillante. Intensa.

—Usted es hermosa—dijo Evan sin dejar de sonreír y mirarla.

Ella no esperaba que le dijera eso y atribulada y nerviosa se alejó despacio.

—No tema, solo quería decírselo. Porque es verdad.

Evelyn sonrió levemente sonrojándose y sintiéndose tonta por ello y él también sonrió.

—Venga, todavía no le he mostrado el escondite de los fantasmas.

Se oía extraño, bastante inquietante en realidad, pero no pensó que se tratara de un sitio embrujado.

Pero de pronto vio unas ruinas de piedras y madera, que en tiempos mejores debió ser una casa, una construcción, pero alguna desgracia lo había convertido en escombros, en cenizas... y allí estaba envuelto en escombros oscuridad y silencio, un silencio que le resultó un poco inquietante.

—¿Qué es este lugar? —preguntó al fin intrigada.

—Era un pabellón de caza de mis ancestros, un lugar llamado Kirtron. Un vestigio del pasado, de otros tiempos prósperos llenos de aventuras y misterios—explicó él y la miró con intensidad al decir:
—Aquí vivió uno de mis ancestros, el conde que anexó estas tierras luego de dar cuenta de sus antiguos enemigos, los del clan MacKlein.

Había oído algo de historias de clanes su madre le había contado, eran realmente sanguinarios.

—¿Entonces aquí había un edificio antiguo y...'?

—Los escombros son un recuerdo de esos tiempos, mi padre quiso refaccionarlo, pero hubo dos muertes extrañas y prefirió dejarlo así. Hay una leyenda extraña, al parecer uno de mis antepasados raptó a una bella chica del clan MacKlein y la encerró aquí hasta que aceptó ser su mujer y le dio un hijo. Pero los del clan guerrero no aceptaron ese romance y planearon llevarse a la joven con ellos, y algo pasó entonces, dicen que fue un accidente, pero hubo ciertas dudas... la pobre joven apareció muerta y mi antepasado juró venganza. Dicen que el fantasma de la joven aún está aquí llamando a su hijo, pues murió mientras luchaba por llegar a su habitación. Una historia triste. Dicen que en las noches de luna llena puede oírse a la bella joven llamando a su hijo.

Evelyn sintió tanta pena entonces. Pensó en su madre que se fugó con su padre, su enamorado inglés, enfrentándose a la ira de su familia para tener una vida triste, pasando estrecheces pues su padre terminó apostando toda su fortuna en las cartas. La familia de su padre tampoco la quería. Ni la quisieron a ella cuando perdió a sus padres...

Tembló de rabia al recordar el pasado. Tantas injusticias y tanto dolor traía el amor romántico que ella se sentía muy sensata por rechazarlo. Por no tener que preocuparse por las locuras románticas como les ocurría a las chicas de su edad en el condado de Norfolk. Era como una epidemia, causaba ensoñación, suspiros y sensaciones amorosas que parecían imposibles de curar. Y cuando no eran correspondidas solo les quedaba sufrir y si eran correspondidas pero sus amores no se declaraban entonces era una tragedia.

Pocas veces las historias de amor tenían un final feliz, el amor de esa clase parecía más una dolencia, una triste enfermedad.

Mientras recorrían las ruinas pensaba en sus amigas sufriendo por algún muchacho que no las correspondía, parecía tener su propia gracia la de enamorarse perdidamente de un joven y luego sufrir al no ser correspondidas, al ser ignoradas. Y llorar, y languidecer por los rincones.

Eso no era para ella.

Lo más extraño de todo era que las ruinas tenían su encanto. y que mientras caminaban sentía su mirada. La mirada de ese escocés a quién confundió con un simple mozo y ahora sabía era el dueño de ese lugar.

Se sonrojó de repente al sentir su mirada.

—Es raro para usted y para mí.

—¿Raro?

—Que esté aquí, una dama inglesa tan hermosa y delicada... No imaginé que mi madre conseguiría una bella dama inglesa para que la ayude con sus cartas.

Evie tragó saliva y le dijo que para ella no era raro.

—Es una suerte para mí tener este empleo señor Wallace.

—¿Y por qué hizo un viaje tan largo?

Parecía muy interesado en ella, pero no era el único.

—Mi madre murió y debía ganarme la vida... vine a Escocia a ver a mi tía y ella me ayudó a conseguir este trabajo.

En apariencia la historia era sencilla. Pero a todos le sorprendía que siendo inglesa no buscara una colocación en su país y realizara un viaje tan largo.

Él no dijo eso ni hizo más preguntas.

—Pues lamento mucho lo de su madre, aunque esa tragedia la trajo aquí. Supongo que fue el destino.

¿El destino? Tal vez. No había pensado en ello, ciertamente que nadie en esa casa parecía muy contento con su presencia, excepto ese joven y no sabía exactamente por qué.

Luego de caminar un trecho en silencio y mientras dejaban atrás las ruinas notó que se le había hecho tarde y debía regresar.

—Debo irme, lo siento—dijo entonces.

Él la miró sorprendido.

—Aguarde, puedo acompañarla. Se perderá si no lo hago.

—Es que no quisiera...

—No es molestia ninguna, al contrario, me sentiré más tranquilo si la acompaño. Este lugar no es como usted imagina, no es su amada Inglaterra.

No, no lo era, así que decidió dejar que la acompañara.

Caminaron en silencio, pero el camino empinado la hizo tropezar y dio un brinco, pero él la atajó a tiempo. Ese contacto la hizo temblar, fue repentino y algo embarazoso, verse de pronto entre sus brazos, tan cerca y sentir que él demoraba un poco en sujetarla con la excusa de que quería ayudarla. Pero fue una sensación, fue solo un momento, luego se apartó y ella pudo respirar aliviada. Por un instante pensó que la besaría, la forma en que la abrazó y la miró.... Fue tan incómodo, tan extraño. Sintió su corazón latir tan aprisa.

Cuando entraron en la mansión, debieron seguir caminos separados.

—Señorita, ha sido un placer su compañía—le dijo él con una inesperada sonrisa. Y luego se puso serio y la miró.

—Mi madre le ha pedido que organice una fiesta para cazar una esposa, supongo.

Ella se sonrojó cuando dijo eso, fue como volver a la realidad.

—Sí, me lo ha pedido—confesó.

Él sonrió al notar su turbación.

—Mi madre está aburrida supongo, espera que todo vuelva a la normalidad y yo pueda tener una esposa. Pero nada de eso sucederá.

Su respuesta inesperada la dejó sin palabras.

—Ninguna joven sensata querría convertirse en mi esposa y ahora ciertamente no pienso en eso, ¿sabe?

Ella tardó un poco en asimilar esa frase, pero entendió que el heredero no estaba muy ansioso de encontrar una esposa.

—Está bien, pero es mi trabajo, su madre me ha pedido que envíe las invitaciones—respondió ella algo tensa.

—Por supuesto, no tengo nada que decir sobre eso.

Antes de irse ella le agradeció ese paseo, pero en verdad solo quería alejarse de ese hombre. La había abrazado, la había mirado de una forma intensa y ella no quería que pensara que podía... que podía tomar lo que quisiera pues era el amo de la mansión y ella no era más que una simple empleada.

Apartó esos pensamientos pensando que estaba exagerando.

No quería pensar que el señorito de la mansión era un bandido listo para seducir a una dama de compañía, pero...

Cuando entró en su habitación vio el mueble de la novia anterior del joven Evan, la jovencita prometida al heredero que había muerto de forma misteriosa. Su ropa estaba allí y nadie se había tomado la molestia de llevársela. Convivía con sus pertenencias pues tampoco tenía otro mueble donde guardar toda su ropa.

Notó su presencia, la estela fantasmal que despedía ese ser incorpóreo que vivía en la mansión y estaba en su habitación dentro de los vestidos y se crispó al notar su presencia. ¿Tanto la odiaban los empleados de la mansión que querían que se sintiera olvidada y asustada?

Pues no lo permitiría. Debía lograr que quitaran esos vestidos de allí.

Molesta pensó en llamar al servicio, pero luego creyó que la ignorarían como habían hecho cuando se quejó al respecto. Pues no, debía hablar con la condesa sobre ese asunto. Mientras revisaba los vestidos encontró algo extraño, algo envuelto en un lienzo. Un retrato pequeño...

Cuando lo tomó supo que era Sophia. Sophia, la hermosa joven que debió casarse con Evan Wallace. Su retrato realzaba su belleza dulce y fresca de ángel, con ese cabello rubio en bucles y sus ojos inmensos y azules. El rostro delicado y oval y ese aire trágico de quién quizás presiente que morirá joven. Pues luego de mirar la pintura de nuevo tuvo esa sensación.

Allí estaba. Al fin conocía al fantasma de la joven que moraba en la mansión, así había sido en vida. Pobrecilla, muerta de forma trágica y prematura.

Un sonido en la puerta la crispó y guardó la pintura de inmediato.

Era Nelly para llevarle un té caliente y bollos de manteca. No demasiados. Nunca le daban demasiada comida ni tampoco comida demasiado condimentada.

Pero al menos tenía comida todos los días.

No le dijo nada de su hallazgo, pero cuando se fue volvió a mirarlo intrigada. De alguna forma quería saber cómo era la bella joven que había cautivado el corazón del heredero hacía tiempo.

TODAS LAS INVITACIONES estaban listas y la condesa estaba de un humor estupendo ese día.

—Oh es usted muy aplicada señorita Stuart, la felicito. Ahora pediré al ama de llaves que despache las invitaciones cuanto antes.

Y así lo hizo.

Pero Evie quería hablar con la dama de otro asunto más acuciante. Los vestido, las pertenencias de Sophia.

—Lady Wallace, disculpe, es que en mi habitación encontré vestidos que no son míos y que creo deberían donarlos a caridad o...

La mujer la miró sorprendida.

—¿Vestidos? ¿Qué vestidos son esos? Podría traerlos por favor. Esto es inesperado.

Evie cumplió la tarea y le llevó los vestidos que estaban en cajas que eran más sencillos de transportar.

Cuando la dama vio el contenido de las cajas palideció y se santiguó.

—Oh Dios mío, estos vestidos tan pequeños son de Sophia... ¿qué hacían en su habitación? ¿Cómo llegaron allí?

Parecía aterrada y temblorosa.

—Siempre estuvieron en mi habitación, pero no quise quejarme, es que le dije a Nelly y temo que ella olvidó llevárselos.

La dama se puso muy tensa y enfadada.

—Nelly es muy descuidada. Esos vestidos no debían estar aquí, pedí que se los llevaran a los padres de Sophia hace años. Son nuevos y ... pertenecen al ajuar de novia que ella trajo meses antes de su boda. Ni siquiera los usó.

Evie sintió que había metido la pata.

—Lo siento mucho lady Catherine, no pensé que... Creí que quizás alguna parienta suya...

Tuvo que defenderse y mentir, para no quedar como que lo había hecho de forma deliberada. En realidad, no pensó que esa ropa afectaría tanto a la dama escocesa, pero debió imaginarlo. Solo que Nelly parecía empecinada en dejar las cosas como estaban.

—No es su culpa señorita... pero haré que lleven esto de inmediato a la Iglesia para que luego lo donen para la caridad. Usted no se preocupe, haré que quiten todos los vestidos de su guardarropa.

—Se lo agradezco mucho.

—Fue un asunto muy triste, mi hijo necesita olvidar, sobreponerse y le ruego que no mencione nada de esto a nadie.

—OH no por supuesto.

—Espero que pueda encontrar una esposa muy pronto. Necesita dejar atrás el pasado, todos lo necesitamos en realidad...

Una criada entró entonces y anunció que se había quitado toda la ropa mientras otra llegaba con un té caliente para la señora, uno de esos tés que tenía un tónico sedante. Lo había visto beber otras veces.

Evie deseó que la tierra la tragara pues cuando quedaron solas la dama comenzó a maldecir en gaélico. Dijo algo de maldito fantasma, maldita suerte, pero fingió no entenderle.

—Espero que mi hijo encuentre una joven apropiada, que sea sana... y de buena familia. Solo eso pido. Pero él no quiere casarse, creo que todavía ama a Sophia, ama su recuerdo, su fantasma, una quimera y eso no es bueno—dijo de pronto.

—No lo es.

—Bueno, sigamos con la fiesta. Debemos mirar hacia adelante, todos nosotros. Yo también perdí a mi marido después de la tragedia, mi pobre Angus falleció sufrió un ataque. Nuestra boda fue concertada ¿sabe? Aquí se estila eso... mis padres eran muy estrictos y entonces nos casamos. Pero luego ganó mi corazón. Era un hombre muy bueno, adoraba a su familia, éramos lo principal para él. No era ambicioso ni había heredado el feroz orgullo de su padre.

La historia del antiguo marido de la condesa acaparó el resto de la conversación. También para eso era su dama de compañía, para escuchar sus confidencias, aunque ella era muy reservada al respecto y era la primera vez que le hablaba de su esposo muerto.

Y entonces habló de Sophia.

—Sophia no era para mí hijo, no tenía salud. No era saludable. Todos lo sabían, pero callaron... porque ella quería casarse con mi hijo. Pero ahora espero que no vuelva a cometer ese error.

—¿Cuál error, lady Wallace?

Era una impertinencia hacerle semejante pregunta, pero se sintió obligada a hacerlo.

La dama la miró con aire absorto, parecía viajar al pasado y no la miraba a ella, miraba más allá.

—Que mi hijo escoja una joven sana, señorita. Y de buena familia. Una dama escocesa honesta y de buenas carnes. Nunca he soportado a las señoritas delgadas y debiluchas. Parecen estar a punto de quebrarse. Sé que en su país está de moda tener una cintura de avispa y por eso usan esos corsé tan ajustados, pero aquí no está bien vista.

Evie se sonrojó al pensar que ella no tenía cintura de avispa ni era delgada como el cristal, muy por el contrario, era de carnes llenas y caderas redondas. Pero ella no tenía la clase ni la chance de ser escogida por el heredero de la mansión.

—Ya hubo otras fiestas en el pasado y mi hijo siempre ha sido muy caprichoso en esos asuntos. De Sophia se había enamorado, doy fe de ello. Pero eso nunca había pasado. Así que supongo que necesitará enamorarse de nuevo para tener otra esposa. Pero eso no sucederá pronto, todavía la quiere ¿sabe?

Ella sintió que le subían los colores pues de pronto notó que le hablaba como si supiera de su amistad y estuviera al tanto de todo. Eso fue bastante incómodo en realidad. Le dio la sensación de que quería advertirle sobre su hijo. Como si ella fuera tan fácil de conquistar... y engatusar. Nada más lejos de su intención.

—Mi hijo necesita una esposa, necesita olvidar. Está muy triste. Es extraño, pero usted parece ser tan buena y discreta señorita, que me dan ganas de contarle cosas, no sé por qué. Sé que no es correcto...

Entonces llegó el ama de llaves y lady Catherine se crispó de repente.

—Señora Macbean, ¿podría decirme cómo llegaron esos vestidos a la habitación de la señorita Stuart? No eran vestidos usados, eran los vestidos del ajuar de Sophia MacAlyster.

El ama de llaves estaba pálida y parecía nerviosa, algo inusual en una mujer de un carácter formidable.

La vio mover las manos nerviosa y mirar a la condesa y luego a Evie con aire acusador.

—Es que no lo sé lady Wallace, se lo juro. No lo comprendo, pensé que todo había sido donado a la caridad como usted pidió.

—Pues al parecer no fue así—continuó lady Catherine implacable— no me parece de buen gusto haber conservado el ajuar de la novia muerta aquí, pedí que se llevaran todo o lo donaran a caridad. Es terrible esto. Me ha dejado muy alterada. Fue como ver de nuevo a esa jovencita... pobrecita.

—Quizás fue un descuido.

—¿Un descuido?

—Un lamentable error, lady Wallace y le pido mil disculpas. Investigaré este extraño asunto y buscaré respuestas. Había otras pertenencias de la señorita Sophia en ese armario, pero no sabemos cómo llegaron allí ni tampoco cómo es que estuvieron tanto tiempo escondidas.

—Pues no me gusta nada esto. Parece una broma macabra. La señorita Sophia murió hace más de cuatro años. Esto debe terminar, su fantasma debe descansar.

La condesa estaba muy alterada y a Evie le intrigaron sus palabras. ¿Entonces los misteriosos pasos y la novia fantasma existían? Nelly le había hablado de ello el día de su llegada, pero luego le dijo que no lo mencionara y ahora la condesa lo hacía y parecía muy alterada. Y como si de repente comprendiera que no debía escuchar esas conversación le dijo que se fuera, que le daba el día libre.

—Vaya a dar un paseo por la pradera señorita Stuart–puntualizó—Le hará bien, pasa demasiado encerrada en su habitación y además así podrán llevarse los vestidos y acomodar los suyos.

Evie comprendió que no podría negarse así que regresó a su habitación y fue por un abrigo pues no podía dar una caminata con su sencillo vestido mañanero.

Pero cuando entró en su habitación notó que una criada había quitado todos los vestidos y caja, pero había dejado el cuadro allí cerca del espejo y sintió escalofríos. La novia muerta estaba mirándola con una burlona sonrisa maligna. Al menos eso le pareció entonces por el juego de luces, de claroscuros que había en la habitación.

Ignoró el retrato pensando que luego se lo llevarían y tomó un abrigo para dar una caminata.

Por alguna extraña razón los sucesos de esa mañana la habían dejado muy alterada.

La reacción de la condesa era de dolor y sentía que ella sin querer la había dejado alterada y estaría molesta con ella. Pero ¿qué podía hacer? Le había pedido a Nelly que quitara esos vestidos, pero no lo había hecho.

Esperaba que ahora no le guardara rencor por haberse quejado.

Entonces pensó en la fiesta y en las palabras de la condesa.

En el pasado había habido otras fiestas y su hijo le había manifestado que no tenía interés alguno en casarse. ¿Porque todavía amaba a Sophia? ¿Aunque estuviera muerta?

Imaginó que era como los viudos, atrapado en un amor del pasado que no consuelo ni solución pues habían perdido a la persona amada para siempre.

Qué triste. Un hombre joven y tan guapo… se sonrojó al recordar la forma que la había mirado y supo que era una tonta al pensar esas cosas.

La caminata la hizo sentirse más animada.

Sin embargo, no dejaba de pensar en la conversación de esa mañana, en lo mucho que deseaba lady Wallace casar a su primogénito y también el dolor que expresó al ver la ropa de Sophia. Su ajuar de novia... ¿por qué todavía estaba en la mansión y por qué fue guardado en su habitación?

El ama de llaves dijo que investigaría, pero pensó que tal vez nunca lo sabría pues habría sido un simple descuido.

Mientras se alejaba sintió pasos cerca de ella y tembló al pensar que era el fantasma de Sophia. Fue un pensamiento tonto, pero era comprensible pues pensaba en ella demasiado.

No era ella por supuesto, sino Evan Wallace que al parecer la había seguido como un fantasma casi sin hacer ruido pues de pronto le tuvo frente a ella.

—Buenos días señorita Evie, lamento haberla asustado—dijo.

Ella se sonrojó y dijo que no estaba asustada, pero por dentro temblaba. Ese hombre tenía algo que la perturbaba, la forma en que la miraba... no era correcto. Pero no pudo hacer nada al respecto, él preguntó si podía acompañarla.

Evie aceptó para no ser descortés.

—Lamento que tenga tanto trabajo por mi culpa, señorita—dijo de pronto.

Ella lo miró sorprendida.

—Esa fiesta... para encontrarme una esposa me hace sentir como el tonto de los cuentos de princesas.

Evie sonrió tentada ante el arranque de sinceridad del escocés.

—No debería ser así—dijo ella.

—Pero lo es. Le he dicho a mi madre que no quiero casarme, pero ella parece obstinada en hacerme cambiar de idea. Cree que si encuentro de repente una hermosa joven escocesa de bellos ojos azules y cabello rubio caeré rendido a sus pies.

De alguna forma había descrito a Sophia MacAlyster.

—Pero ya no soy tan tonto sabe? No estoy esperando encontrar a una princesa hermosa para casarme—le confesó el heredero.

—Y por qué no se lo dice a su madre?

Él sonrió.

—Ya lo hice, pero ella insiste, sabe que es inútil pero aún espera que cambie de idea y siente cabeza. Ya lo hice en realidad, luego de perder a mi padre tuve que tomar las riendas de esta propiedad. Pero eso no es suficiente para mí madre, ella espera que me case y le dé nietos. Lo haré por supuesto, pero no de forma forzada.

—Tal vez cambie de opinión luego de la fiesta señor Wallace. Puede usted encontrar una joven bonita y perder la cabeza.

El escocés dijo que lo creía improbable. Parecía empecinado en que no se casaría.

—¿Y usted por qué no se ha casado todavía señorita? —le preguntó él de repente.

Evie se sonrojó.

—Mi madre quiso que me casara con un caballero rico hace tiempo, dijo que nada me faltaría y que viviría como una reina, pero yo no quise hacerlo—le confesó pues por alguna razón pensó que era hora de sincerarse con el escocés.

—¿De veras? ¿Y prefirió escapar a casarse con un buen partido? Ella asintió.

—¿Y quién era ese hombre?

—Un amigo de mi padre.

No quiso dar más detalles, se sintió crispada de repente al recordar el pasado, la forma en que ese hombre había intentado convertirla en su esposa todavía la crispaba.

—Al parecer no era de su agrado.

—No, no lo era.

—Entonces usted también aborrece la idea de casarse, señorita—dijo el escocés triunfal.

—No es eso, solo que no quería casarme con ese caballero en particular. Parecía una boda ventajosa para mí, todos mis problemas quedarían resueltos, pero no acepté.

Pensó que había hablado demasiado y al ver el lago cerca de allí cambió de tema. Se sintió muy nerviosa al pensar en sir Arthur y pensó que había sido mala idea mencionarlo. De pronto sintió un escalofrío intenso, como si ese bosque se hubiera llenado de fantasmas porque ella también tenía los suyos...

—Venga señorita, le mostraré uno de los paisajes más bellos de esta propiedad—le dijo Evan.

Ella lo siguió aliviada que hubieran cambiado de conversación.

Capítulo Cuatro

Al día siguiente sintió mucho alivio al ver que se habían ido y se quedó allí mirando el armario con expresión fija. Ahora solo quedaban sus sencillos vestidos, sus pertenencias, se habían llevado las cajas con los vestidos y también el retrato y eso la hizo sentirse mejor.

Sin embargo, mientras revisaba esto notó que había en el fondo del piso del ropero, algo que parecía una pequeña caja envuelta en papel de presentes... al parecer en Escocia se usaba ese lienzo fino para envolver regalos y se preguntó si acaso ese regalo era de la prometida cuyos vestidos habían sido llevados poco antes de la habitación.

No era correcto que tomara ese presente, pero la curiosidad la invadió de repente, no pudo evitarlo. Pensó en tomar el regalo y avisarles a las criadas que lo habían olvidado, pero no lo hizo. Tomó el presente y lo escondió entre sus cosas y aguardó, aguardó a que fueran a reclamarlo.

Pero nadie lo hizo. Nadie reclamó ese objeto envuelto en papel de regalo que seguramente había pertenecido a la novia muerta.

Pensó que no era agradable llamarla así.

Sophia era más apropiado. Simplemente Sophia.

La llegada de una criada interrumpió sus reflexiones.

—Señorita, la condesa quiere que la ayude a decorar la mansión y me ha pedido que venga a buscarla—le dijo.

Ella la miró algo asustada pues era Nelly, la criada que no le tenía mucha simpatía. Intentó sonreír.

—Iré en un momento—respondió.

La criada no esperaba tal respuesta, pero no dijo nada.

Ella pensó que necesitaba tiempo para acicalarse un poco y esconder ese presente para cuando pudiera investigar qué era. A lo mejor se trataba de una de sus bromas y tal vez ese regalo era algo extraño y desagradable.

Intrigada lo tomó entre sus manos y lo abrió y notó que había una caja dentro, una caja que contenía un libro de tapas doradas. Decía simplemente mi diario y Evelyn tuvo la sensación de que estaba frente a un hallazgo sorprendente. Un diario y al abrirlo vio que era de Sophia, la prometida del heredero Wallace. Debió imaginarlo y sin embargo parecía increíble. ¿Qué hacía ese diario escondido entre sus ropas? Por alguna razón inexplicable había llegado a sus manos y decidió esconderlo. No podía detenerse a leerlo ahora. Aunque se moría por hacerlo, decidió guardarlo.

La condesa esperaba para que la ayudara a decorar la mansión y no podía tardarse.

Mientras escogía las flores que quedarían mejor para decorar la sala y la iban recolectando apareció el feliz hombre que sería homenajeado: Evan Wallace. Él saludó a su madre y luego la miró con una sonrisa con una inclinación en la cabeza haciéndola sonrojar. Ese detalle no pasó inadvertido para la condesa que la miró con cierta dureza, pero no dijo nada.

Evie se sintió incómoda, sabía que ese joven la cortejaba en secreto y la miraba con de forma especial, pero eso no significaba que tuviera intenciones honorables, muy por el contrario... solo quería una aventura. Una aventura con la criada inglesa.

Pues no lo conseguiría.

Quizás debía ser más fría y distante.

Faltaba tan poco para la fiesta y había mucho optimismo en la condesa, ella realmente esperaba encontrarle una esposa a su hijo y pensaba que esta vez sería diferente.

SE ACERCABA LA FIESTA y todo estaba listo para el gran evento, algunos invitados comenzaron a llegar pues vivían lejos y se quedarían a pasar varios días. Parientes de la condesa y de su marido. Esos días sus servicios no fueron requeridos y se preguntó si la condesa no estaría algo disgustada por el interés que mostraba su hijo en ella... había tanta alegría y la condesa estaba tan feliz como si ella fuera a casarse.

No entendía por qué sentía tanto interés en casar a su hijo, pero al parecer para ella era importante. Era una dama viuda y pensaba que su hijo necesitaba dejar atrás el pasado y casarse.

Evelyn imaginó que en la fiesta habría muchas jóvenes bonitas ansiosas de llamar su atención y no era que entonces se decidiera su suerte, pero era una posibilidad. En su condado esas fiestas solían terminar en bodas. No tenía dudas de que un joven distinguido y heredero encontraría una joven adecuada.

Se sintió inquieta ante la inminente fiesta, no podía explicarlo, ella no formaría parte del festejo y sin embargo estaba tan entusiasmada y nerviosa como la condesa.

Pero ese día amaneció gris y ella se quedó a pasar la tarde en su habitación sin saber qué hacer. Acababa de leer un libro, hacer anotaciones en su anuario y entonces recordó el diario.

No era decente leerlo, debía avisarle a la condesa que lo tenía. ¿En qué estaba pensando? No era correcto conservarlo. ¿Por qué lo hacía? No podía leer ese diario, no era suyo, era de la antigua prometida del joven Evan.

Había algo extraño en la muerte de esa joven, nadie quería hablar de ello, al comienzo sí, pero luego... había algo trágico, funesto, algo que evitaban mencionar.

Cierto misterio.

Decían que había sido un accidente, pero no daban detalles, y no tardó en comprender que la muerte de esa joven que había sido buena y dulce como un ángel resultaba triste, la condesa había quedado muy impresionada cuando se enteró de los vestidos y comprendió que todo lo relacionado con esa joven la afectaba.

Y ella sabía que no era correcto hacer preguntas.

No era delicado.

Quizás en ese diario hubiera algo interesante.

No era correcto leer en él y lo sabía, pero el diario parecía llamarla.

¿Por qué estaba junto a sus cosas? ¿Por qué nadie envió sus pertenencias a sus familiares incluyendo el diario? ¿Por qué aún estaba allí? ¿No habría sido lo más sensato entregar todo ello a la familia de Sophia?

Tenía tantas preguntas en la cabeza, pero a nadie a quién preguntar y de pronto como si el diablo la tentara tomó el diario y leyó las anotaciones que se le antojaron algo infantiles sobre su cumpleaños número quince. Los presentes, la discreta celebración y que la habían obligado a irse a dormir temprano. Eso la había molestado.

Pero también mencionaba a un joven muy guapo que no dejaba de mirarla y no era Evan.

"Es muy guapo y no deja de escribirme cartas y mirarme loco de amor. Todos lo dicen. Pero madre dice que soy muy joven para pensar en esas tonterías. Como si el amor fuera una tontería sin importancia..."

Luego hablaba de una reunión con sus primas en las que fue el centro de las miradas y en su enfado porque su madre la llevó antes del baile.

Parecía estar molesta porque siempre la obligaban a partir antes de lo esperado. Al ser hija única y con una salud delicada como le había contado Nelly, quizás por eso... era débil y enfermiza y por eso no llevaba una vida normal.

Un sonido en la puerta la crispó y corrió a esconder el diario muy en el fono del armario sintiéndose horrible mal por lo que había hecho. No estaba bien husmear entre las cosas de una difunta.

Capítulo Cinco

L legó el día de la fiesta y la mansión se llenó de invitados.
Parientes lejanos y amigos llenaron cada rincón y a la distancia podían oírse sus voces, sus risas.

Todo era perfecto y Evelyn notó que hasta el cielo de ese día era azul sin apenas una nube, todo estaba tan perfecto que no podía ser mejor augurio.

Augurio de que pronto habría otra boda en la mansión escocesa.

La boda del heredero. Lo que más deseaba la condesa.

Ella lo vio todo desde la ventana de su habitación, vio llegar a los invitados en sus inmensos carruajes, elegantemente ataviados y luego de repente lo vio a él, a Evan caminando con un grupo de damas. Una de ellas parecía pendiente de él y notó que tenía el cabello oscuro sujeto con un sombrero, pero él no la miraba. Parecía ausente. Distraído. Y su madre estaba allí caminando apoyada con un bastón, escoltada por su dama de compañía la señorita Ellen.

Entonces notó que el heredero se acercaba a la mansión desde el jardín del ala sur y tembló alejándose de la ventana.

¿Acaso la había visto? La vio espiándole desde la ventana. Era una tonta, debió tener más cuidado.

Regresó a sus quehaceres olvidando el episodio. Tenía que ordenar otra caja de antiguas cartas de la condesa. Eso la mantendría alejada del bullicio y distraída.

Allí estaban las cartas y las observó a la distancia preguntándose qué esperaba encontrar la condesa en esas cajas. ¿Alguna carta perdida? No le hablaba de ello, pero su insistencia era evidente.

También la sorprendía que le entregara las cartas, ¿confiaba tanto en su discreción de una desconocida?

Mientras se encomendaba a ese trabajo el tiempo pasó y de pronto se escucharon golpes en la puerta.

Ensimismada en su labor creyó que eran sonidos del pasillo.

Pero al parecer se equivocaba. Alguien llamaba realmente a su puerta.

Inquieta fue a investigar luego de guardar cuidadosamente las cartas en la caja. Grande fue su sorpresa cuando abrió la puerta y descubrió a la criada esa que no le tenía mucha simpatía: Nelly Bayles.

La miró sin ocultar su sorpresa y de pronto vio que llevaba una caja larga.

—Es para usted, para que pueda asistir esta noche al baile. Se lo envía la condesa—le dijo entregándole una tarjeta.

Evelyn tardó en comprender que era una invitación, algo extraña pero una invitación al fin.

—Pero es que no puedo ir—dijo al fin.

Su voz se oyó insegura y la doncella la miró ceñuda. Luego le entregó la caja. La joven la tomó y tuvo frente a ella un vestido nuevo de color lavanda muy hermoso, lo más hermoso que había visto en su vida. De fina seda y encajes, de cuello redondo y mangas...

—Es precioso—balbuceó—Pero no puedo aceptarlo—agregó indecisa.

La doncella la miró sorprendida y cada vez más disgustada.

—Pues debe usarlo. Se lo envía la condesa—la criada parecía cada vez más irritada. Sus ojos echaban chispas.

—No puedo ir, no sería apropiado—replicó Evelyn con firmeza.

Ahora la criada la miraba pasmada.

—Pero debería hacerlo, es una invitación y si no la acepta sería una descortesía. La condesa quiere que participe de la fiesta, usted la ha organizado y es lo justo supongo—replicó mirándola con creciente impaciencia.

—Es que no puedo aceptar.

—Hágalo. Vaya a la fiesta. Cuentan con su presencia.

La criada parecía muy convencida, pero Evelyn tuvo dudas. ¿Por qué querrían invitarla a una fiesta reservada para damas finas? ¿Y si era una de sus bromas? Evelyn tenía dudas y se había vuelto desconfiada. No quería que volvieran a hacerle una jugarreta y se mostró cauta y tras mirar nuevamente a la criada dijo:

—No puedo ir. No es correcto.

Y luego le entregó el vestido en la caja.

Eso fue sorprendente para la criada. Demasiado tal vez, pues se quedó mirándola sin decir nada, pero luego dijo que hablaría con la condesa al respecto como si estuviera amenazándola y se marchó dejando la caja con el vestido.

No le prestó atención.

En realidad, no creía que la invitación hubiera llegado desde la condesa pues nada le había comentado al respecto. ¿Pero quién más lo haría? ¿El heredero?

Tragó saliva al pensar que Evan Wallace hubiera tenido la audacia de enviarle la invitación con el vestido.

Luego pensó que él no habría sido tan audaz, debió ser su madre quizás como muestra de gratitud, o porque quizás no había suficientes debutantes para el baile.

Pero ¿qué haría ella en un salón repleto de invitados?

Nadie dijo nada al respecto y ella se quedó encerrada en la habitación llevando a cabo su tarea pues estaba segura de que la condesa no iba a necesitarla ese día. Siguió buscando las cartas mientras organizaba las demás.

De pronto encontró una carta amarillenta que decía algo inquietante.

No quiso leerla, pero no pudo evitarlo, las palabras bailaron ante sus ojos, extrañas y reveladoras.

"Querida prima, siento mucho lo que le pasó a Sophia, la tragedia os ha golpeado de nuevo y no encuentro palabras para decirle lo apenada que me siento. Ha sido un triste accidente y no debes culparte de nada. Fue una

tragedia, y me temo que también fue voluntad de nuestro Señor y no debes cuestionarle. Por favor, tranquilízate. Iré a visitarte la semana entrante y hablaremos con más calma.

Afectuosamente..."

No pudo entender la firma, pero dedujo que se trataba de una prima cercana pues así la llamaba en un comienzo. Era la primera vez que mencionaba la muerte de Sophia como un triste accidente. Sin dar más detalle, pero daba a entender que la condesa estaba muy angustiada por lo sucedido. Una tragedia, un lamentable accidente.

Era la primera vez que se hablaba de ello, pues la condesa evitaba el tema y ahora podía entenderlo.

Guardó las cartas y se dispuso a descansar cuando sintió unos golpes en su habitación.

Pensó que le llevarían la cena pues era la hora, pero se equivocaba.

Cuando abrió la puerta vio a la condesa mirándola con cierto enfado. A su lado estaba Nelly que la miraba con expresión burlona mientras sostenía la caja con el vestido.

—Buenas tardes señorita Stuart. Me ha dicho Nelly que usted no podía aceptar una invitación para la fiesta que usted misma ayudó a organizar.

La joven palideció.

—Lo siento es que pensé que la invitación... que no era correcto y no podía...

—Oh vamos, no sea tan correcta, señorita Evelyn. No estamos en Inglaterra y si una señora decide invitar a su asistente a una fiesta de gala nadie se molestaría en ello y no espero que usted lo haga—dijo la condesa impaciente.

Ella no sabía qué decir, se sentía tan incómoda en esos momentos. Tan inquieta. Había pensado que era una broma de Nelly y ahora comprendía que no era verdad.

—Bueno, espero que sí acepte mi invitación ahora. Vamos. No hay tiempo que perder, señorita. Usted debe estar a mi lado por si necesito algo.

Evelyn pensó que la dama exageraba al explicarle que necesitaba su asistencia esa noche, pero no dijo nada y aceptó ir a la fiesta con el vestido color lavanda que le había obsequiado.

Cuando se vio en el espejo no se reconoció, no era ella. Era otra joven bonita y seductora. Una niña casadera ansiosa de llamar la atención de algún caballero, un buen partido.

Ella jamás tuvo su baile de presentación, su padre murió dejando solo deudas y tristeza. Ahora era distinto, ahora no iba a ser presentada en sociedad, solo iría al baile porque la señora condesa había insistido en que la necesitaba.

Pero el resultado era sorprendente.

—Señorita Stuart, se ve muy hermosa.

La condesa parecía muy conforme con los resultados, pero ella no se sintió así y cuando fue hasta el salón, poco después, sintió muchas miradas sobre ella y eso la incomodó bastante. Era una joven tímida y no le agradaba nada llamar la atención.

Pero su presencia se convirtió en suceso. Muy pronto la condesa la presentó como su asistente y sintió muchas miradas alrededor. Y entonces llegó al heredero, el joven escocés de mirada intensa que era el codiciado esposo que muchas querían atrapar. Él llegó con aire ausente, sonrió y saludó apenas y su madre tuvo que llamarlo, visiblemente incómoda ante su indiferencia. No llevaba un traje de fino corte inglés sino un atuendo escocés llamado Kilt que constaba de falda en un colorido tartán en tono verde oscuro, blanco y azul y casaca. No era el único vestido así pero sí el más elegante. Era una tradición para los escoceses lucir el kilt de su antiguo linaje, y los colores que usaba eran los colores de su antiguo clan. Su madre le había contado cuando era niña, historias de amor entre clanes enemigos y otras historias del folclore escocés. Evelyn notó que los colores del kilt de Evan eran por lejos el más armónicos de los kilt de esa noche, pues había otros caballeros luciendo distintos kilt con colores distintos. La condesa también llevaba una falda escocesa y un pequeño chaleco del mismo estampado sobre el vestido al igual que las otras damas lo que daba un toque de distinción.

Mientras pensaba esto su mirada se cruzó con la del heredero. Él la vio allí y no pudo ocultar su sorpresa. No esperaba verla al parecer, ni ella esperaba estar allí.

Se le acercó despacio y la saludó con una leve inclinación mientras sus ojos la miraban con intensidad y le sonreían como si le hicieran un guiño. Ella apartó la mirada ruborizada sintiéndose mucho más extraña que antes, más incómoda, más rara. Como si ese no fuera su lugar ni tampoco su fiesta.

Entonces notó que una joven rubia de grandes ojos verdes la miraba. Era hermosa y sin embargo el heredero no parecía haberla visto todavía. Su rostro era casi angelical, redondo, de nariz y boca pequeñita y sin embargo la miraba a ella con celos y rabia, como si lamentara que el anfitrión perdiera el tiempo en esa joven inglesa tan insulsa.

Su mirada era fuerte e insistente.

Y de pronto la condesa la presentó a ella, fue tan extraño.

—Ella es mi sobrina, hija de mi querida prima: Agnes MacInner.

La prima es era una dama de cabello blanco y rechoncha y la joven en cambio era esbelta, pero la notó incómoda de ser presentada a una criada.

Su mirada se desvió a Evan, pero él solo fue apenas cortés totalmente inmune a los encantos de esa joven o de las demás, al menos no notó que estuviera interesado en ninguna.

Evelyn se apartó y procuró mantenerse escondida, pendiente de que la condesa necesitara algo. No quería hacerse notar y cuando llegó la hora del baile pensó que era prudente marcharse. Lo habría hecho pero la condesa la miró con una expresión casi maligna.

Así que se quedó y entonces comenzó el baile escocés.

El heredero inició el baile con una dama de falda roja y azul y blanco y luego con otra de su clan, la joven de grandes ojos azules y así, todas pudieron bailar con el heredero y otras parejas se unieron. La música era muy alegre y divertida tanto que la alegría de los danzantes le resultaba contagiosa. Sonrió sin poder evitarlo.

De pronto Evan se le acercó y extendió su mano para invitarla a bailar. Ella no entendía por qué, se quedó allí sorprendida y bastante aturdida sin saber qué hacer hasta que comprendió que él la estaba invitando una pieza de baile. No fue como en los salones y ciertamente que la invitación del joven heredero la pilló por sorpresa y no supo qué decir ni qué hacer pues no quería ser descortés y entonces notó que todos la miraban y esperaban su respuesta. Esperaban que hiciera algo, algo como aceptar el honor que le hacía el heredero pues no era más que la asistente de la condesa.

Entonces él se inclinó y la miró mientras le decía:

—¿Me concedería esta pieza de baile, señorita Stuart?

Evie comprendió que no podía rechazar la invitación, pero tenía otro problema...

—Es que no sé bailar—balbuceó.

Su sorpresa fue evidente. Lo vio en sus ojos.

—No importa, puede seguir mis pasos, es sencillo.

Evelyn se mostró indecisa pero entonces vio la mirada oscura de la condesa que parecía muy disgustada con la situación y se alejó.

—No puedo, no sé bailar, lo siento mucho—dijo.

La desilusión de Evan fue evidente pero no dijo nada, solo hizo un gesto de asentimiento. Entonces él buscó a otra joven y se alejó muy contento y bailó con otras jóvenes.

Evelyn se sintió mal por ello, por haberle rechazado y porque se fuera a bailar con otras jóvenes.

Se alejó despacio y sintió que la fiesta había perdido todo encanto.

Nadie la retuvo entonces y al ver que la condesa estaba distraída conversando con sus invitados se alejó y regresó a su habitación. Su noche de Cenicienta había terminado, pero cuando estuvo en su cama cubierta con gruesas mantas se sintió tan feliz. Absurdamente feliz. Él la había mirado embobado y luego le había insistido en que bailara con él. Habiendo tantas herederas bonitas se había detenido a mirarla y eso la hacía sentirse inquieta y halagada. Su corazón palpitaba con fuerza al recordar ese momento, sabía que nunca había sentido algo así antes y la asustaba. Pensó que tal vez había sido por la euforia de la fiesta y de participar en un evento al que no esperaba, debía ser eso y nada más...

Capítulo Seis

La fiesta duró días, pero solo hubo un baile, el baile al que ella asistió. Al día siguiente se quedó encerrada pues la señora no la envió buscar y pensó que estaría muy atareada agasajando a sus invitados.

Ella lo vio todo desde la ventana, los paseos, la organización de una partida de caza, y de pronto se sintió una intrusa, una testigo no invitada viendo cómo pasaba la vida a su alrededor y ella se quedaba allí escondida y callada.

No imaginó que la fiesta duraría tanto, en su país las cosas eran distintas, pero ¿qué podía decir? Estaba en Escocia.

Los invitados se marcharon lentamente, pero ella no salió de su habitación hasta que la condesa la mandó llamar.

No se sentía muy bien pues la encontró acostada y con una almohadilla en su cabeza alicaída y algo malhumorada.

—Buenos días—le dijo a la distancia.

Ella la saludó y le entregó la caja de cartas perfectamente organizada. Había encontrado las cartas de su amiga francesa y eso la hizo cambiar, la vio aliviada.

—Qué estupenda noticia niña, qué pena que no estuvieras en la fiesta. Pero al parecer los ingleses no son tan sociables—apuntó.

Evelyn se ruborizó intensamente al pensar en el baile.

—Lo siento, es que no quería incomodarla, lady Wallace—dijo.

—¿Incomodarme? ¿Y por qué habrías de incomodarme? Tonterías niña. Si yo os invité al baile. Esperaba que luego participaras, por eso os obsequié el vestido.

Evie murmuró una disculpa, pero la condesa hizo un ademán de que no importaba.

—Y cómo estuvo todo? —preguntó luego Evelyn.

—Bien, supongo... menos de lo que esperaba. Invité a las mejores candidatas de estas tierras, pero eso no hizo demasiado en la indolencia de mi hijo. Bailó y conversó con varias, es verdad, pero nada fue como esperaba—la condesa parecía exasperada y cansada. Y de pronto le pidió a la doncella que estaba a su lado que le acercara otro cojín para apoyar la cabeza y el tónico del doctor Allen.

—Mi hijo es como su padre y no se casará a menos que algo lo obligue a hacerlo. Su gran amor fue Sophia por supuesto, esa niñata tonta y presumida, que en paz descanse pobrecilla... no quiero ser ruda, pero ella no estaba hecha para el matrimonio—dijo de pronto lady Catherine.

¿Qué podía responderle ella? No sabía por qué decía eso, seguramente estaba de mal humor ese día porque la fiesta no había resultado como esperaba.

—Era encantadora, muy dulce pero demasiado delicada. No parecía escocesa—sentenció la dama. —Él necesitaba una joven que no pareciera que iba a quebrarse en sus brazos. Era tan delgada, tan delicadita... rayos. No sé qué le vio, no era apropiada, aunque supongo que fue un capricho del corazón. Ningún hombre escapa a eso.

Evelyn pensó que no era correcto que esa dama hablara así de su hijo y de la joven muerta, parecía tan poco cristiano. Pero sabía que muchas comadres pensaban de esa forma, veían en la delgadez fragilidad, ninguna joven novia podía ser tan delgada ni tampoco pequeña.

—Ahora espero que mi hijo escoja con más sensatez. Una dama bien plantada y fuerte. Pero no sé si lo hará, nunca ha sido sensato—continuó lady Wallace sin piedad.

Luego cambió de tema y ella la ayudó con sus cojines y le trajo un té de hierbas pues le dolía mucho la cabeza ese día. Se quejó de que las fiestas eran agotadoras y esperaba tener algún resultado en poco tiempo. Ella también lo esperaba pues imaginaba que era frustrante hacer una fiesta que duró días para no poder encontrar una joven para su hijo. Imaginó que eso llevaría tiempo. Evan Wallace no parecía un hombre fácil en ningún aspecto y que quisieran buscarle esposa lo crispaba, eso ya lo sabía, así que su madre debería ser paciente si quería tener algún resultado.

Quizás estaba impaciente porque él se enamorara locamente esa noche, la de la fiesta, luego de conocer a bellas heredas del condado, pero eso no siempre sucedía así.

A ella todavía le dolía pensar que había rechazado un baile con el escocés.

Pero la condesa la había mirado con gesto torvo de un rincón y comprendió que no podía aceptar, ¿entonces por qué pensaba en eso?

En realidad, luego de la fiesta pensó que todo volvería a la tranquilidad de recibir algunas visitas, pero no fue así. Luego del baile del heredero muchas jóvenes fueron invitadas a tomar el té y por eso Evie vio menguadas sus tareas pues la condesa estaba muy atareada agasajando a las visitas, pues algunas se quedaban por días.

La mansión dejó de ser un lugar triste y solitario como al comienzo, había más alegría y también bullicio.

No volvió a ver a Evan los días siguientes y se preguntó si seguiría enfadado por haberle rechazado esa noche. No dejaba de pensar en ese momento, la forma en que la había mirado y lo tonta que había sido al negarse.

No había dejado de pensar en ese hombre, no sabía por qué, no sabía qué efecto tenía sobre ella, era imposible entender por qué pensaba tanto en él, pero no podía evitarlo.

La condesa dijo que podía tomarse esos días para descansar y dar paseos solo a media mañana y debía hacerlo escoltada.

Supuso que no quería que se mezclara con los invitados y tuviera la impertinencia de aparecerse de repente. Nada más lejos de sus intenciones.

Decidió simplemente confinarse en su habitación y dedicarse a leer algún libro, o escribir alguna carta a su tía en Edimburgo. Le debía una carta y lo había postergado casi desde su llegada. Era todo cuanto le antojaba hacer en esos momentos, la mansión parecía tan invadida de extraños y no quería que pensaran que trataba de entrometerse o llamar la atención.

Luego de leer unas líneas de una novela pendiente debía escribirle a su tía para avisarle que estaba bien, había olvidado hacerlo y de pronto estuvo muy entretenida haciéndolo y luego leyendo antiguas cartas.

Su diario también necesitaba ser puesto al día. Habían pasado tantas cosas desde su llegada. Sin embargo, cuando lo tomó y lo abrió en las últimas páginas sintió un súbito estremecimiento, los últimos sucesos luego de la muerte de su madre la habían provocado tanto terror. Por eso había escapado y ver las líneas de esa carta de amor terminó de congelarle la sangre.

Cerró el diario con estrépito preguntándose qué hacía esa carta allí guardada. Debió quemarla, debió hacerlo mucho antes y furiosa la tomó y la arrojó a la estufa de su habitación. Las palabras románticas y bellas bailaron entre las llamas "mi hermosa Evelyn, no puedo esperar hasta el día en que te conviertas en mi esposa…"

La frase la conocía de memoria y en vez de parecerle bonita le provocaba pavor, porque escondía un significado distinto.

Solo cuando la vio desvanecerse en la estufa se sintió mucho mejor. Pero su recuerdo la perturbaba. El recuerdo de esa carta era una espina en el costado. Pero ahora estaba a salvo, a salvo de sus tristes recuerdos.

Había escondido el diario en lo más profundo del armario, pero ni aun así se sintió a salvo de esos recuerdos.

LOS INVITADOS SE MARCHARON y siguieron semanas de días grises y fríos. Lentamente el otoño comenzaba a notarse en el aire, el aire y el clima era mucho más frío que en su país, podía notarlo.

La condesa estaba algo malhumorada ese día y supuso que con todas las fiestas no había logrado su objetivo: encontrarle una novia a su primogénito. Eso la traía de mal talante y ese día le dijo sin rodeos:

—Mi hijo no quiere casarse. Ha despreciado a todas, no sé qué hacer, me lo he pasado fatal estos días. Si usted hubiera visto, señorita... jóvenes hermosas y de familias importantes del condado, de reputación intachable... todas ellas una a una han sido desairadas por el pícaro de mi hijo.

¿Qué podía decirle a la condesa? Solo poner cara de circunstancias. Pero ella esperaba que hablara, así que lo hizo.

—Lo siento mucho. No comprendo.

—Ni yo lo entiendo, en verdad... parece un capricho. No puedo creer que ninguna, hasta había una parecida a Sophia. Y sin embargo él la ignoró. La ignoró por completo.

Evie se alegraba pues de solo pensar que Evan se casaría con una remilgada escocesa que le haría la vida imposible en la mansión la hacía sentirse incómoda, molesta. Lo cual era tonto por supuesto. Y absurdo.

—No le gustan sus primas ni las hijas de mis amigas—dijo lady Catherine sin ocultar su disgusto—Es demasiado exigente, o quizás tenga un gusto peculiar por las muy delgadas y etéreas. Como Sophia. Pero ya ves que le presenté a una muy parecida y apenas le dirigió la palabra.

—Quizás necesite tiempo, lady Wallace.

—¿Tiempo? Pues no lo sé, llevo tiempo tratando de encontrarle una esposa y nada... no quiere casarse, me lo ha dicho y no quiere entender que...—suspiró hondamente—Yo ya no soy joven, ni tengo la salud de antes... solo tengo un solo hijo para cuidar el patrimonio familiar ... mi hijo es un buen hombre, pero ¿qué será de todo esto cuando yo ya no esté? ¡Qué hará sin una esposa que cuide de él además? Es lo que me preocupa. Mi esposo murió y mi hijo mayor también.

Evie no sabía que Evan había tenido otro hermano y de pronto escuchó la triste historia de Angus, el primogénito que era el más diestro, el más parecido a su padre y todo eso. Un joven criado como todo un heredero, pero el pobre había muerto hacía años al caerse de un caballo en una noche de tormenta. Una muerte triste.

—Siempre fue un rebelde, y tenía malas compañías. Iba en busca de una mujer al pueblo y ella al parecer era casada...

Evelyn no imaginó que tuvieran allí esos secretos tan escabrosos.

—Yo le dije que no saliera esa noche, pero él no me escuchó. Cuando los hombres se encaprichan con una mujer, no hay quién les haga entrar en razones. Y luego ocurrió esa desgracia. Pobre Angus, era un buen joven, de noble corazón hasta que se encaprichó por una mujer y luego mi hijo, con la señorita Sophia MacAlyster... ciertamente que el amor solo ha traído desgracias a nuestra familia.

Evie dijo que lo sentía, ¿qué otra cosa podía decir? Ignoraba todo ese asunto y comprendió que la situación de la dama escocesa no podía ser más desesperada. Un solo hijo para casar y este parecía empecinado en no hacerlo. Podía entender la rebeldía de Evan: su madre era muy ansiosa y dominante, ansiosa de que comenzara una amistad con una mujer y se casara con ella y ninguna le parecía suficientemente atractiva. Solo su antiguo amor Sophia, solo ella estaba en su corazón.

—Todo llegará con el tiempo, señora Wallace, estoy segura. Quizás tarde, pero...

La palabra tardanza la crispó.

—Es que no tengo tanto tiempo. No soy una mujer joven, ya no tengo esa fortaleza de antaño y antes de partir quisiera ver a mi hijo casado.

La ansiedad de la dama iba en aumento y quizás por eso había hecho la fiesta y había invitado a sus amistades, pero ninguna de las damas que llegó a la mansión atrajo la atención del heredero.

Evelyn se preguntó por qué ese joven era tan reacio a casarse sabiendo que necesitaba una esposa y herederos para su propiedad, sabiendo que su madre estaba tan desesperada. No lo entendía. En su país los caballeros se casaban cuando sus padres así lo disponían, podrían demorar un poco a veces, pero tarde o temprano caían. El matrimonio era ante todo un deber, una obligación y raramente se realizaba por amor.

Pero Evan Wallace había estado a punto de casarse por esa razón y su novia había muerto. Era natural que estuviera así, triste, y sin ánimos de casarse.

Pues seguramente todavía amaba a Sophia MacAlyster. Sophia la bella y etérea joven que había muerto de forma repentina poco antes de su boda.

Y, sin embargo, no era un solterón amargado ni triste. Él la había mirado con cierta insistencia.

Quizás miraba a todas, pero no le hablaba a ninguna pues ninguna estaba a la altura de Sophia para convertirse en su esposa. Era comprensible.

Ahora la condesa planeaba buscar a una joven que se pareciera a Sophia y eso le parecía una locura. Esperaba que no le pidiera ayuda para eso, pero al parecer estaba tratando de convencer a su doncella Meghan.

Regresaba a su habitación a media tarde cuando de pronto sintió pasos desde el pasillo, pasos siguiéndola. No era la primera vez que eso ocurría y se preguntó por qué alguien querría seguir sus pasos o espiarla. Sabía que los sirvientes no la apreciaban y por eso procuraba mantenerse alejada pero no le agradó saber que la seguían.

Pensó en el heredero con tristeza.

Tantas jóvenes bonitas que había en ese salón y era tan terco y orgulloso como para ignorarlas. Quizás era su corazón roto. Y sobre eso nada podía hacerse.

Mejor sería no pensar tanto en el destino del heredero ni él en absoluto, no era apropiado y podría delatarse y sabía que eso podía delatar mucho a la condesa.

Capítulo siete

Ella no podía entender por qué de repente tenía la sensación de que la vigilaban, algo o alguien, no estaba segura.

Pensó que eran ideas tontas, solo porque Nelly le había hablado del fantasma de Sophia a su llegada no podía creer que existiera. Sin embargo, comenzó a sentir pisadas cuando daba paseos por los jardines o regresaba a su habitación. Entonces era tarde a veces y la casa estaba llena de sombras. Sombras fantasmales que parecían verla desde un rincón.

Cada vez que se detenía inquieta y nerviosa para ver atrás no veía a nadie y un día sin embargo tuvo la sensación de que la miraban a la distancia. Que un par de ojos malignos y oscuros sonreían burlones.

Se quedó petrificada y entonces vio a Robert, el nieto del mayordomo. Ese muchacho alto y pelirrojo que era tan gentil con ella.

—Hola, disculpa. Te he asustado—dijo y lo vio emerger de la oscuridad con un candelabro llevando una bandeja para algún invitado.

Se sintió como una tonta y regresó a su habitación pensando que debía dejar de imaginarse cosas.

Quizás debía dejar de leer el diario de Sophia, no estaba bien que lo hiciera. La pobrecita había muerto y quizás al leer sus memorias atrajera su presencia y la condesa había sido terminante al respecto: todos debían dejar atrás el pasado.

Pero cuando entró su habitación lanzó un grito pues nada más hacerlo vio el fantasma de Sophia parado en un rincón y gritó. La joven parecía vestida de novia y la miraba con cierta ira contenida, sus ojos...

Comenzó a gritar desesperada y entonces sintió que alguien la jalaba por detrás y se asustó aún más.

—¿Qué sucede? ¿Por qué grita usted señorita Stuart? —preguntó Evan.

Ella lo miró asustada y confundida.

—Sophia estaba allí, Sophia... mire—dijo entonces señalando a un extremo de la pared.

Entonces él la vio y también se puso pálido.

—Aguarde aquí. Esto es muy extraño. No puede ser ella...

Evie miró aterrada cómo el heredero se acercaba al fantasma luego de encender las velas de un candelabro.

Ella contuvo la respiración y habría salido corriendo, pero la intrigaba saber más cómo era Sophia estaba allí.

—No es ella señorita, tranquila. Es solo un retrato, mire... parece real porque está en la penumbra.

Evie suspiró aliviada al ver que era solo un retrato, pero era tan real que con la poca luz pensó... un retrato tamaño natural que se veía mucho más alto pues imaginó que la joven debió ser mucho más baja.

—No entiendo de dónde salió este retrato y no es Sophia señorita, no es mi prometida...

El retrato era horriblemente maligno, la mirada de esa joven era malvada y sus rasgos, además el vestido era mucho más antiguo.

—Este retrato es de la galería de los condes de Wallace. Y no sé cómo llegó aquí, ni quién lo trajo, pero al parecer quisieron asustarla.

—Pero hay un retrato igual en mi ropero señor Wallace y pensé que era de Sophia.

Entonces Evan supo el episodio de los vestidos y del retrato. Pero el retrato ya no estaba en su armario. Había desaparecido. Evie juró que era la misma mujer por eso pensó que Sophia era así.

—Mi madre jamás lo mencionó. Qué extraño. Debió olvidarlo, pero sé que su ropa y sus pertenencias, todo fue quitado de aquí. Fue muy triste...

—Lo siento. Es que todo eso estaba allí, en el armario. Supongo que fue un descuido.

Evan dijo que era extraño.

Y ella pensó que era extraño que él estuviera en su habitación. Incómodo. Pero lo agradecía pues con ese retrato no habría podido dormir.

—No hay ningún retrato de Sophia aquí, señorita. Solo uno que fue pintado meses antes de nuestra boda, pero mi madre lo guardó y no sé qué pasó con él.

La llegada de dos criadas portando candelabros iluminó por completo la escena y ambas lanzaron exclamaciones al ver ese retrato colocado allí de forma estratégica para dar la sensación de que había un fantasma en la habitación. Una imagen demasiado real.

—Qué hacía este retrato? Es demasiado pesado para que una sola persona lo trajera aquí.

—Oh señor Wallace, es muy extraño. No sé quién haría esto.

Evan llamó al ama de llaves y ella se mostró igualmente perpleja.

—Lo averiguaré de inmediato señor Wallace—dijo.

Pero ya era tarde y todo estaba en penumbras. Sin embargo, alguien había entrado en su habitación con sigilo y dejado ese retrato con el fin de asustarla. ¿Por qué lo haría? ¿Acaso le tenían rabia por ser inglesa? ¿Todavía sentían rabia por eso o simplemente habían querido jugarle una broma pesada?

El cuadro puesto de esa forma le hizo sentir que había una mujer en esa habitación y que era Sophia, pero Sophia estaba muerta...

Y luego estaban los pasos y la sensación de que la vigilaban, de que la observaban... ¿Pero por qué? No era más que una dama de compañía de la condesa Wallace y ella no tenía ninguna queja de su trabajo. Al contrario, hasta parecía apreciarla. Le contaba cosas de la familia que no le contaba a nadie, además.

¿Entonces esa sería la razón? ¿Tontos celos de criados que se sentían desplazados por la atención que la condesa le prestaba?

—Señorita, puede estar tranquila, pediré a una criada que vigile su habitación de ahora en adelante. Descubriré quién le hizo estas bromas y será severamente castigado. Ciertamente que no comprendo por qué alguien haría algo así.

—Quizás fue una broma, señor Wallace.

Él no pensó que eso estuviera bien.

—Una broma muy desagradable para con una joven que es la dama de compañía de mi madre y no ha hecho mal a nadie.

Estaba muy molesto y cuando regresó el ama de llaves sin ninguna noticia satisfactoria sobre lo que había pasado él le dijo que debía hablar con todos los criados que dejaran de molestar a la señorita Stuart con esas tontas bromas. Y que, si desobedecían, si eso volví a ocurrir serían despedidos.

Evie pensó que exageraba, pero se lo agradeció cuando quedaron a solas.

Él la miró con intensidad.

—No me agradan estas bromas—dijo. —No son agradables y lamento mucho lo que pasó esta noche, espero que no vuelva a repetirse y si algo más sucede le ruego que me avise.

—Lo haré.

Pensó que esa noche no podría volver a conciliar el sueño. Se preguntó quién sería la dama del retrato y por qué alguien quiso hacerle creer que era Sophia MacAlyster, acababa de enterarse que no era ella.

¿Acaso pretendía asustarla para que se fuera de la casa porque su presencia les resultaba desagradable por ser la altiva señorita inglesa?

¿Tanto la odiaban?

Quizás solo querían gastarle una broma pesada, eran escoceses y vivían en el campo. No tenían los modales de la ciudad. Tenían otras costumbres y quizás la broma solo era para reírse de ella y burlarse. Por ser tan estimada por lady Catherine.

Entonces pensó en el retrato y sintió escalofríos. Debieron buscar el retrato mural más maligno de la sala, pero ¿quién tendría la osadía de quitarlo de allí y dejarlo en su habitación? ¿Por qué lo haría además? ¿Solo para gastarle una broma?

Parecía muy osado si lo pensaba con calma.

No parecía ser algo propio de un criado.

A menos que los criados escoceses fueran más osados que la mayoría.

Apartó esos pensamientos y se durmió poco después.

AL DÍA SIGUIENTE LADY Catherine la llamó a su habitación antes de lo esperado y comprendió que querría conocer los detalles de lo ocurrido la noche anterior en su habitación.

La notó bastante nerviosa y ella se puso tensa también al recordar los eventos.

—Así que había un retrato inmenso en su habitación y usted pensó que era Sophia MacAlyster... por qué pensó eso señorita? Usted nunca conoció a Sophia, ¿verdad?

—No... es que vi ese otro retrato y pensé que era la misma.

—Pues nadie ha encontrado ese retrato primero, el pequeño que usted pensó era Sophia y no entiendo cómo pudo confundirlo con el que apareció luego. Se trata de una de mis ancestros. Una dama notable que perteneció a los tiempos de los clanes. Lady Edelweiss Wallace y comprendo que se asustara, la dama tenía un carácter aguerrido y se decía que no estaba muy bien de la cabeza. Vivió en un tiempo muy sangriento, por desgracia...

Evie comprendió por qué la había asustado tanto, si la mujer del retrato estaba un poco loca sus ojos... sus ojos eran lo que la habían asustado, se veían tan reales y lucían desencajados. Hasta Evan se había asustado, él también pensó que allí había alguien, fantasma o persona real, resultaba horriblemente atemorizante.

La condesa sin embargo le restó importancia.

—Es extraño, ese retrato hacía tiempo que no estaba en la galería pues necesitaba ser restaurado, y quizás alguien lo llevó a su habitación por equivocación.

Evie pensó que no había sido una equivocación sino una broma de mal gusto, pero no dijo nada. Tenía trabajo por delante, la condesa quería que le buscara unas cartas en una cajita de madera que tenía en su repisa.

Parecía estar obsesionada con esas cartas, quería encontrar una carta que no aparecía por ningún lado. Siempre había una carta desaparecida. Pero a ella le agradó estar ocupada y distraerse un poco.

Pero mientras buscaba en la caja encontró una fotografía de una joven muy guapa con aire angelical y estaba junto a Evan. Tomó la foto y supo que era Sophia y tuvo que entregársela a lady Wallace porque ella se dio cuenta que algo pasaba.

—No comprendo por qué alguien ha guardado esta fotografía, pedí que quemaran todas las fotos. Es tan doloroso.

Y entonces lady Wallace tomó la fotografía y se la dio a su criada para que la quemara mientras ella se dedicaba a buscar afanosa en la cajita de madera. Y de pronto encontró algo, algo que la llenó de alivio. Un sobre, una carta y la leyó ignorándola por completo. Luego también rompió esa carta y otras fotografías.

—Por favor Meg, quema esto, realmente no puedo seguir conservando tantas cartas en mi habitación.

Evie notó que la criada Megan la miraba con expresión extraña mientras ella veía como las fotos de Sophia se quemaban en la estufa de leña a la distancia pues al parecer la condesa había encontrado otras.

—Bueno, ya encontré lo que buscaba. Ahora necesito que escriba dos cartas señorita Stuart.

Evie obedeció intrigada por toda la situación y algo incómoda.

Pues tuvo la sensación de que había algo muy extraño en todo eso. La forma en que la condesa se deshizo de esas cartas, el alivio en su rostro y luego el dolor que vio mientras contemplaba las fotografías de Sophia.

Era hermosa. Pequeñita, rubia y encantadora. Con el cabello rubio enrulado y al parecer era una intrépida amazona pues había varias fotos de ella montando a caballo. Aunque las fotos eran en tono marrón podía ver que tenía el cabello muy claro y era hermosa. Y Evan sonreía feliz a su lado. Ver esa foto le provocó una punzada de celos tontos.

Y luego le costó un poco concentrarse y escribir la carta que la condesa deseaba redactar, pero al menos trató de pensar en otra cosa y olvidar.

Pero el recuerdo de Sophia estaba en todas partes, a pesar del tiempo, su fantasma estaba allí pues ella estaba destinada a ser la nueva señora de esa mansión un día y daba la sensación que su fantasma lloraba de pena en algún rincón porque eso ya no podría ser...

SIGUIERON DÍAS DE CALMA, días grises y de llovizna. Lentamente se acercaba el otoño en su esplendor y podían sentirse los primeros fríos y también la niebla.

Se sentía algo triste cuando había niebla o el día estaba gris y por eso no salía a caminar, prefería quedarse en su habitación leyendo algún libro o escribiendo alguna carta.

No tenía parientes en su país, pero sí en Escocia, le había escrito dos cartas a su tía en Edimburgo para que supiera que todo estaba bien.

Como ese día lady Catherine tenía jaquecas le dio el día libre pero como estaba nublado Evie se dedicó a leer un libro, pero pronto comenzó a sentirse abrumada con lo denso que era y lo abandonó.

Sabía que otras cosas le apasionaban más para leer. Novelas de romance, aventuras, intrépidos piratas o caballeros medievales que rescataban a hermosas doncellas en problemas.

Solo que tampoco sintió deseos de buscar alguna novela de ese tipo.

Ya se las había leído casi todas y pensó en retomar su diario, pero no lo encontró.

Tembló al pensar que alguien pudo tomarlo y leerlo y se dijo que era una tonta: si habían entrado antes en su habitación también podían entrar y hurgar entre sus cosas. Al parecer alguien la odiaba y quería asustarla, amedrentarla...

La joven se puso a revolver el armario frenética pero solo encontró el diario de Sophia cuidadosamente envuelto. Volvió a esconderlo y pensó por qué nadie había encontrado ese diario. ¿Quizás no tenían interés en hacerlo o querían que ella leyera su contenido y luego delatarla con lady Catherine?

Entonces vio aliviada que su diario estaba envuelto en una capa que no usaba casi nunca. Lo recordó de repente pues siempre lo cambiaba de lugar.

Suspiró aliviada, sus secretos estaban a salvo, pero...

No tuvo ningún interés en escribir nada ese día, leer el diario de Sophia la atraía mucho más.

¿Acaso esperaba descubrir algo que aclarara el misterio de su desaparición?

Era solo el diario de una jovencita que luchaba por tener una vida normal, por no ser tratada como una muñeca de cristal. Eso se leía en las líneas.

Resultaba algo agobiante.

"Este maldito tónico me hace dormir todo el día y no puedo jugar con mis amigas. Es tan frustrante. Tomo siempre tónicos y no puedo salir después de las cinco por el frío. El Doctor dice que debo cuidarme de los resfriados...

Evie cerró de golpe el diario al sentir pasos acercarse a su habitación.

Se había convertido en un sabueso en esa casa gracias a que alguien seguía sus pasos y podía detectar un sonido a más distancia de lo usual, por eso, cuando la puerta se abrió de repente y apareció Nelly con una bandeja con su almuerzo, el diario estaba escondido debajo de su almohada.

—¿Se siente bien, señorita?

Ella asintió.

—Pregunto porque está acostada y se ve pálida.

Nelly era una perfecta entrometida.

—Solo estaba leyendo un libro, no estoy enferma—dijo.

La doncella la miró entre burlona y sorprendida.

—Lee usted novelitas rosa? Rayos. Mi madre siempre me dijo que leer esos libros tontos son una pérdida de tiempo.

—Pues mi madre dijo que leyera todo lo que cayera en mis manos para mejorar mi escritura y también poder expresarme mejor.

—Su madre debió ser una dama muy distinguida.

Evie asintió.

—Mi madre era una dama distinguida y muy hermosa.

—Si eso fuera verdad usted no estaría trabajando aquí, estaría casada con algún caballero inglés pomposo y gordo—respondió la criada con cierta insolencia.

Evie no le respondió. Pensaba que era mejor no pelear con Nelly, no quería hacerse más enemigos en esa casa.

—Mi madre era distinguida sí, pero no dije que fuera rica. Mis padres no eran ricos, por eso estoy aquí.

—Bueno, supongo que ha dicho una verdad grande como una casa, sin una dote interesante ningún inglés distinguido habría pedido su mano.

Tras decir eso se alejó y pensó que en ocasiones Nelly era más locuaz y que otras veces era más reservada y huraña.

Ahora parecía haber vuelto a la hostilidad inicial con esos comentarios mordaces.

—Nelly, aguarda… saben quién puso ese retrato aquí?

Nadie le había hablado de ello y pensó que Nelly no le diría una palabra, su mirada fue bastante extraña.

—Solo quisieron asustarla, señorita, no era para que armara ese alboroto. Por su culpa nos encerraron a todos y nos obligaron a decir quién había sido. Como nadie sabía nada ni habló, pues nos castigaron y nos enviaron a la cama sin cenar por tres noches consecutivas.

—Lo siento. No lo sabía.

—Por supuesto, usted tiene privilegios aquí, es la protegida de la condesa y también del señor Wallace. Él no le quita los ojos de encima y quizás eso puso celosa a alguna criada. Muchas mueren de amor por él ¿sabe? Y se conforman con ser su pasatiempo. porque eso son las damas de servicio para un caballero tan importante como Evan. Una diversión. No se haga ilusiones, señorita.

—¿Ilusiones? ¿De qué habla Nelly? El señor Wallace es un caballero.

—Oh por supuesto que lo es, pero los caballeros tienen esa necesidad. Y usted le interesa, señorita. No se parece en nada a Sophia, pero le gusta. No deja de mirarla y de seguir sus pasos. Pero tenga cuidado, no es el único que lo hace.

—¿Qué está diciendo? ¿Cómo se atreve?

—OH no se ofenda por favor, usted no entiende. Solo quiero prevenirla porque no es más que un pollo que acaba de romper el cascarón y presumo que no sabe nada de esas cosas. De los hombres. Y porque, además, no es solo Evan que la mira, otros lo hacen y le diré algo que usted ignora: los hombres siempre eligen a la más bella y muchos de aquí necesitan una esposa. No están permitidas las aventuras entre criados, ni los amoríos fugaces.

—¿Y acaso cree que yo estoy buscando un amorío o un esposo? Solo vine aquí porque me recomendaron para este puesto. Necesito la paga para ayudar a mi familia y también un lugar donde vivir. Como todos ustedes. La única diferencia es que mi trabajo es distinto al suyo Nelly.

Esas palabras hicieron callar a la joven entrometida, pero solo por un rato.

—Hay un joven, Malcolm, es el hijo del granjero. Y también Angus, el nieto del mayordomo.

—¿Y qué pasa con ellos?

—Que la miran y han hecho una apuesta. Ambos la quieren como mujer ¿entiende? Y compiten por su atención. ¿Acaso no lo ha notado?

—Pues no, para nada.

—Es muy distraída o muy boba.

—¿Y por qué lo has notado tú Nelly? ¿Acaso alguno de esos jóvenes os interesa?

Nelly se puso colorada.

—Pues no, a mí no, pero hay una criada que muere de amor por Angus y está muy molesta de la atención que usted despierta en él y por eso... intuyo que le hizo la broma del retrato. Quiere que se vaya a su país y nos deje en paz.

—Pues no me iré a menos que lady Catherine me lo ordene, puedes decirle eso a tu amiga, Nelly. No tengo en mente casarme con nadie, de haber querido habría tenido un marido noble y rico.

Cuando dijo eso en ese instante se arrepintió.

Pero Nelly la miró con admiración y algo de incredulidad.

—¿De veras? ¿Y por qué le rechazasteis?

Evie la miró furiosa.

—Prefiero no hablar de eso. Solo decidles a vuestras amigas que no he venido aquí a buscar un esposo y que me dejen en paz.

—Lo haré por supuesto, pero hay muchos celos en las chicas. Desde vuestra llegada... sois como una dama distinguida vestida como campesina, pero nadie deja de notar vuestra belleza y modales. Por eso están celosas. Y lo estarán por un tiempo.

Evie pensó que era injusto, pero al menos podía entender esas bromas que le habían gastado esos días, mostrándose hostiles con ella.

Luego de almorzar se sintió igualmente molesta por todo ese asunto.

Ned el granjero y el pelirrojo que era el nieto del mayordomo. Había notado sus miradas sí pero no pensó que tuvieran alguna intención descarada con ella.

Era insólito.

Pero algo más la molestaba y era pensar que Evan tenía amoríos con las criadas de la mansión y que sus atenciones solo significaban que la consideraba bonita y atractiva. Para tener un amorío por supuesto.

Y sin embargo le había pedido que bailara con él, la había mirado de una forma que le hizo pensar que...

No sabía qué había pensado, pero se sintió muy tonta entonces.

Ella no quería ser su amorío, su criada inglesa dispuesta a ser su diversión.

No era tonta, imaginaba lo que planeaba, lo que buscaba. Aunque supuso que era demasiado educado para decirlo abiertamente...

De pronto sintió que la cabeza le ardía.

Sabía bien lo que era el matrimonio, por eso se había negado a ser la esposa de un hombre muy rico y no iba a permitir que ese hombre pretendiera... hacerle eso sin siquiera ofrecerle matrimonio.

Pero la palabra matrimonio era una utopía, era una completa locura en esas circunstancias. Mejor sería que comprendiera que Nelly tenía razón: Evan nunca se casaría con una criada. Su madre estaba empecinada en encontrarle una esposa cuanto antes, quizás porque sabía de sus andanzas con las criadas.

De pronto se sintió horriblemente defraudada al pensar que Evan tenía amoríos con las criadas de la mansión y que muchas lo amaban en silencio. ¿Por eso había tantos niños? ¿Eran el producto de sus aventuras como hacían los hombres medievales?

Sabía por su madre que algunos caballeros tenían esa costumbre deplorable. Pero jamás pensó, jamás imaginó que él haría eso. Le parecía un hombre tan gentil, tan encantador y bondadoso. Tan guapo...

Pero no olvidaba que había dicho que no se casaría jamás.

Y no debía olvidar que seguramente todavía amaba a Sophia en secreto.

Y sin embargo la noche en que la salvó de ese fantasma del retrato había pensado, había sentido que ella le importaba. Ella. Evelyn Stuart, no Sophia...

Capítulo Ocho

Todo estuvo muy calmo los días siguientes hasta que una mañana mientras iba a ver a la condesa se encontró con Angus el hijo del mayordomo y tembló. Su mirada era intensa y casi salvaje y estaban allí solos en el pasadizo y estaba algo oscuro, quizás por el día o porque alguien había dejado oscuro a propósito.

Él sonrió al ver su terror.

—Buenos días, Evie—le dijo.

Ella asintió y apretó los labios incómoda y pensó que no podría avanzar sin acercarse demasiado a él.

—Por favor, aléjese de mí—le gritó.

Su respuesta lo sorprendió.

—¿Qué dice señorita? Pero si no la he tocado. ¿Acaso he sido atrevido o descortés con usted?

Ella tragó saliva y corrió aterrada de pensar que la seguiría por el pasillo y la atraparía y...

Corrió sin detenerse y de pronto alguien la atrapó y cayó en sus brazos, fue tan rápido que sintió que se quedaba sin aire.

—¿Qué sucede, señorita? ¿Ha visto un fantasma?

Ella miró hacia atrás y vio al joven que se detenía agitado. La había seguido, quería atraparla.

—Él, él...

Evan Wallace miró al cridado alerta.

—¿Qué sucede Angus? ¿Molestabas a la señorita Evelyn?

El criado se puso como la grana.

—No, no señor Wallace... claro que no. Le hice nada, pero la vi asustada y pensé que le pasaba algo.

Evan miró a ambos y se mostró muy ceñudo con Randall.

—No vuelvas a acercarte a la señorita, ¿has comprendido?

—Oh claro que no señor, por supuesto que no. Disculpe, no quise asustarla... yo pensé que ella necesitaba ayuda. Lo siento mucho señor Wallace—dijo el criado y se alejó casi corriendo.

Evelyn suspiró aliviada y se sintió como una tonta.

—¿Ese pícaro le dijo algo señorita Evelyn? ¿Qué sucedió?

—No... no me hizo nada, pero creo que ha estado siguiéndome y Nelly me dijo que...

—¿Nelly?

—Nelly la criada.

—Ah sí... ¿qué te dijo ella?

—Que tuviera cuidado con él porque no era de fiar.

—Bueno, dudo mucho que se atreva a hacerle daño a una mujer, pero ahora sé que no volverá a acercarse a usted, se lo aseguro. Venga, demos un paseo. Hay un sol increíble.

—Pero no puedo, su madre me ha llamado.

—No se preocupe por eso. Venga. Necesita distraerse, se ve muy nerviosa hoy. Yo le avisaré a mi madre.

Y al parecer la condesa no tuvo reparos en que fuera con su hijo a pasear.

Pero Evelyn se sintió agitada de repente. Nerviosa. Había decidido ignorar a Evan y durante días lo había logrado, había evitado su compañía y ahora... de buenas a primeras como una tonta aceptaba salir a dar un paseo con él.

—Hace días que no la veo por aquí, señorita. ¿Acaso huye de mí? —le preguntó cuando estuvieron lo suficientemente lejos.

Ella se sonrojó y no supo qué decir así que lo negó de plano.

—Pero no quiso bailar conmigo en la fiesta—recordó él.

—Es que no sé bailar y todos nos miraban... usted debía bailar con las otras jóvenes, no era correcto que aceptara, lo siento.

Su respuesta le hizo sonreír.

—Señorita, solo quería bailar con usted esa noche. No me interesaba ninguna más.

Ella se ruborizó al sentir la intensidad de su mirada mientras le decía esas palabras.

—Pero su madre quiere que escoja una esposa pronto, hizo la fiesta para eso.

—No seré tan imprudente ahora, señorita, sé que mi madre ha hablado demasiado de ello, pero no quiero que ella me busque una esposa. Yo sabré escogerla cuando sea el momento. Y no quiero ser la presa de nadie.

—¿La presa?

—Así me he sentido estos días. Esas mujeres solo quieren pescar un buen partido, un hombre rico con una hermosa propiedad sin tener en cuenta sus sentimientos. ¿Cómo podría desposar a una joven sin saber de sus sentimientos por mí? Sin conocerla, además, mi madre cree que veré una joven hermosa y caeré rendido a sus pies. Rayos. No soy tan simple. Además, jamás obligaría a nadie a ser mi esposa.

Parecía incómodo. Molesto, a decir verdad.

—¿No piensa usted lo mismo señorita? —quiso saber él.

Evelyn asintió.

—Imagino que usted no querría que su familia la entregara a un hombre por el que no siente emoción alguna—dijo con cautela Evan.

Ella se tensó cuando le dijo eso, sintió que la conversación se había vuelto demasiado íntima y que él le hacía preguntas que no quería responder.

—Por supuesto, pienso como usted—dijo al fin.

Mientras se alejaban él se detuvo y la miró con fijeza.

—Todavía no lo entiendo, no entiendo cómo todavía no se ha casado, señorita.

—Es que nadie me ha pedido matrimonio.

—Pero es tan hermosa y sin embargo está aquí...

—Quería alejarme y olvidar, dejar atrás recuerdos tristes señor Wallace.

—¿Qué recuerdos son esos?

—Perdí a mis padres hace tiempo, pero temo que la muerte de mi madre fue lo más doloroso y además... no tenía dinero, nada que fuera mío. La propiedad de mis padres fue confiscada y lo perdí todo. Solo me quedaba buscarme una colocación y sentí vergüenza de hacerlo en Norfolk donde todos me conocían, así que pensé en viajar a Escocia y buscar a la familia de mi madre, pero luego cambié de parecer. Ellos nunca aceptaron su boda con mi padre, nunca me quisieron y pensé que me rechazarían.

—Vaya, qué injusto, pero supongo que es lo que llaman el orgullo escocés. Pero creí que estaba aquí por su familia. ¿Entonces no los buscó?

—Lo hice, pero primero me reuní con mi tía en Edimburgo y ella me dijo que... ellos nunca perdonaron a mi madre y yo al final cambié de parecer, ellos tampoco fueron a buscarme luego de que mi madre falleciera así que pensé que no querrían verme.

—Vaya... qué injusto. Pero fue usted muy valiente señorita, por haber llegado a este país tan distinto al suyo y fue afortunada al llegar sana y salva.

—¿Por qué dice eso?

Él se detuvo y la miró con intensidad.

—Pasan cosas aquí, señorita Stuart. Una joven hermosa y delicada como usted no estaría a salvo en estas tierras.

Hablaba de forma extraña, misteriosa, y pensó que exageraba. Hasta que recordó su conversación con Nelly. Y luego pensó que la había llamado hermosa.

Hermosa y delicada...

Apartó esos pensamientos y se mantuvo alerta, por alguna razón su silencio despertaba su curiosidad, él quería saber quién era y por qué había huido y se preguntó si no sospecharía de sus verdaderas razones.

Era un hombre listo o tal vez ella no se veía como una pobre huérfana. Entonces pensó en Sophia, su antiguo amor y se preguntó si todavía la amaría por eso no quería tomar una esposa ahora, si pensaría en ella y ese pensamiento la crispó. Había visto su fantasma, el fantasma de la novia de la mansión, sabía su historia y pensó que nada podía ser como antes. No entendía por qué era tan atento con ella si en su corazón solo estaba Sophia.

Apartó esos pensamientos nerviosa. Inquieta. No debía dejarse llevar y debía demostrarle que ella no estaba interesada en un amorío, que no lograría seducirla y luego...

Se horrorizó al pensar lo que podía pasarle. Temía sucumbir a lo que ese hombre le hacía sentir, pues se sentía tan bien en su compañía.

Esos días que no lo había visto, que había evitado su presencia se había sentido tan triste, tan perdida y ahora se sentía de nuevo tan feliz, como si luego de tantos días fríos y grises al fin saliera el sol en su corazón.

Habían llegado al río que surcaba la propiedad desde el norte y ella sintió inquieta el sonido del agua y contempló ese paisaje extasiada. Era hermoso, como todo ese lugar.

—Le gustaría que le enseñara a bailar? —le preguntó de repente.

Su petición fue tan inesperada y no pudo negarse, habría sido descortés, además no quería hacerlo. Y de pronto él le enseñó un baile escocés, sin música, la música era el río, los pájaros cantando a su alrededor. Llevaba muy bien el ritmo y de pronto el otro paso era bailar más de cerca, solo un poco y luego giraban y se alejaban... pero volvían a unirse y a mirarse.

—Oh vaya, baila usted muy bien señorita—le dijo.

Ella sonrió levemente y él se quedó mirándola embelesado. Lentamente se fueron acercando y él la envolvió entre sus brazos. Fue tan rápido que no pudo hacer nada, no se dio cuenta. Estaba allí, entre sus brazos y sin más tomó su rostro, su boca y la besó. Fue un beso arrebatado y desesperado, un beso de enamorado, de amante que la hizo temblar como una hoja. Sus labios apretaron los suyos y luego sintió el sabor de su boca y pensó que nunca antes la habían besado así jamás, un beso ardiente y apasionado y sentir que le gustaba ese sabor suave de limón.

Avergonzada de su arrebato quiso escapar, quiso apartarlo, pero entonces notó que era un hombre fuerte a pesar de ser tan delgado y no le fue sencillo siquiera intentarlo. Y él frente a su rechazo siguió besándola, haciendo que su beso fuera profundo. Nunca la habían besado así, y ay, pero de pronto se vio tan atrapada que se rindió y lo disfrutó...

Un beso que pareció durar una hora, un año, un siglo... y de pronto comprendió que era una locura y debía resistirse. La decencia se lo exigía. Si no podía fin a ese arrebato osado él creería que podía seguir adelante así que luchó, luchó con todas sus fuerzas.

—Déjeme, por favor. ¿Acaso se ha vuelto loco? —le dijo cuando pudo apartarlo.

Él la retuvo entre sus brazos y la miró.

—Lo siento, me moría por besarla señorita. Es tan hermosa y dulce. Por favor, no me rechace. Adoro el sabor de sus labios. Es tan deliciosa.

Evelyn sintió que se le subían los colores al rostro.

—Está loco, no vuelva a besarme pues si lo hace le diré a su madre, señor Wallace.

No iba a hacerlo, pero ciertamente que no supo qué decir, se sentía horriblemente confusa y excitada por la experiencia. Jamás imaginó que tendría la audacia de besarla y apretarla como lo hizo. Pero eso no era algo romántico, solo le estaba diciendo que la encontraba guapa para convertirla en suya, en su amante.

Él sonrió ante su amenaza.

—Dígaselo, me encantaría que lo hiciera—dijo el conde.

Evelyn no esperaba semejante respuesta.

—Sabe que no lo haré, pero por favor, no vuelva a hacer eso. Soy una joven honesta y no estoy interesada en sus atenciones ni crea que va a convertirme en su conquista—le dijo.

—No quiero que sea mi conquista, quiero que sea mi mujer, solo mía y lo conseguiré... usted no escapará de ser mía preciosa.

Sus palabras la hicieron ruborizar y casi tuvo ganas de llorar, confundida, alarmada y excitada por la forma en que la miró y se lo dijo.

—Eso jamás pasará, si vuelve a tocarme, si intenta hacerme daño yo...

—Yo nunca la obligaría a ser mía preciosa, solo lucharé para que desee ser mía, por conquistar su corazón un día. Pero nunca le haría daño. Soy un caballero—le dijo muy serio.

—Suélteme, déjeme en paz—dijo ella y apenas logró apartarle corrió, corrió con todas sus fuerzas como si la siguiera el diablo.

La había besado, la había apretado y pudo sentir ese abrazo intimo como el fuego, como el abrazo de los amantes casi la segunda vez que la besó y ella respondió a él, respondió a sus besos y sintió tantas cosas.

No era la primera vez que la besaban, otro hombre lo había hecho, le había robado un beso con brusquedad y desesperación diciéndole que ella sería su esposa y que si intentaba escapar de él hundiría a su familia.

El malvado sir Arthur, ese hombre rico pero malo como un demonio había estado acechándola en el pasado ansioso de saciar su lujuria y para ello la haría su esposa. Pero a pesar de que sus padres esperaban que se casara con él porque jamás encontraría un pretendiente más notable que ese ella sintió que jamás soportaría que ese hombre le pusiera un dedo encima. Moriría de horror y asco de solo imaginárselo.

Pero ahora fue distinto. Por primera vez un hombre guapo y delicado la besaba y a ella le había gustado, y ahora a pesar de que corría tuvo que detenerse y sentir que su corazón latía acelerado.

No podía olvidar lo que le había dicho Evan, no había sido solo ese beso robado y osado, habían sido sus palabras. Ese deseo atrevido expresado en voz alta con inusitada y salvaje sinceridad: dijo que ella sería suya un día y que la conquistaría.

Fue muy tonta al pensar que... al creer que él estaba interesado en ella. Solo había sido amable y conquistador. Para lograr su objetivo; dormir con ella y convertirla en su amante.

Por eso no quería casarse por supuesto.

Solo quería divertirse con la criada nueva, la tonta inglesa.

Retomó el camino a la casa pues estaba demasiado cansada por la corrida para ir más rápido, pero de pronto se dio cuenta que no sabía dónde rayos estaba. Porque la casa no aparecía en ninguna parte, ni a la distancia y, sin embargo, no era que hubieran caminado tanto o quizás sí, ciertamente que se distrajo mientras charlaban y no prestó atención al sendero. Ahora se daba cuenta que no sabía dónde estaba, no reconocía nada de ese lugar ni tenía idea dónde se encontraba. Se había alejado demasiado rápido y ahora... pues ¿qué otra cosa podía hacer? No podía quedarse allí, él la había besado y temía que volviera a intentarlo.

Pero estaba asustada. Tanto que no quería encontrárselo. No ahora... pero ¿qué haría allí perdida en medio del campo?

Pensó que si seguía caminando se perdería más así que se quedó allí sentada en la hierba.

Tuvo la sensación de que pasaba una eternidad cuando escuchó una voz llamarla y lo vio. Era el escocés por supuesto y se veía agitado, como si hubiera corrido mucho para alcanzarla. Al verla allí su alivio fue evidente.

—Me perdí, señor Wallace. Y no sé dónde estoy—le confesó.

Él se acercó a ella y tomó su mano.

—No tema señorita, yo la acompañaré—dijo muy serio.

Evie iba a decirle algo sobre el beso, pero estaba demasiado nerviosa para hacerlo. Él tampoco lo mencionó y regresaron en silencio a la casa, tomados de la mano, fue algo raro, porque no dijo nada del beso, pero ir de su mano le hizo sentir que ese beso sí había significado algo.

Pero cuando entraron en la mansión la condesa estaba allí parada, sostenida con su bastón, mirándolos sin o0cultar su disgusto. Evelyn se quedó helada y fue él quien dio un paso adelante.

—Madre, estabais esperándome—le dijo.

La condesa apretó los labios molesta y le habló en gaélico. Le dijo: "es qué rayos estabas pensando? ¿Te has vuelto loco?"

Ella pudo entenderlo y se disculpó y se alejó pues no quería que la ira de la condesa se derramara sobre ella. Tuvo mucho miedo de que alguien le hubiera contado que su hijo la había besado, si así era estaría frita en muy poco tiempo...

Pero mientras se alejaba vio a la parienta de la condesa con su hija, la joven rubia de grandes ojos azules Agnes, ambas habían estado allí en el comedor viendo la escena y se veían tan molestas como la señora de la mansión.

Tragó saliva y se retiró. No era tonta. Al parecer pensaban que ambos tenían un romance a escondidas, un romance prohibido y censurable. Nada más lejos de la realidad, si al menos pudiera explicar... vio a Evan reírse en la cara de su madre y decirle cosas al oído para luego irse, dejándola allí parada sin saber qué hacer. A su madre, a ella. La condesa se las ingenió para salir airosa marchándose con sus invitadas a otra parte, pero ella se quedó allí atrapada sin saber qué hacer hasta que decidió alejarse como los demás.

Capítulo Nueve

Las visitas se marcharon días después y la condesa pasó unos días muy malhumorada, todo la irritaba y a ella le ordenaron quedarse en sus aposentos. Como un castigo. Como si hubiera hecho algo malo y no era verdad. No había hecho nada.

Nelly fue quién le habló de ello días después.

—La condesa está molesta con usted señorita, por eso no la ha llamado estos días.

Evie se ruborizó intensamente.

—Pero ¿por qué? No he hecho nada.

Los ojos de la criada brillaron con picardía.

—No es por usted, es por su hijo. No soporta que le preste tanta atención a una sirvienta. Porque usted es una sirvienta de categoría, pero no deja de ser del servicio. No se ofenda por favor.

—No me he ofendido, es la verdad. Solo que no comprendo su enfado si solo hemos ido a caminar una vez.

—Pues la señora piensa diferente. Es usted muy guapa y es una pena que no tenga un apellido más importante y solo sea la criada inglesa. La señora tiene muchos planes para su heredero, anhela verlo casado con esa joven Margot, o con alguna dama escocesa.

Evelyn sintió que estaba cada vez más molesta con esa conversación.

—No he venido aquí a seducir a nadie, nada más lejos de eso, solo quiero el trabajo. Ya te lo he dicho, Nelly.

—Pues no creo que la señora quiera conservarla en su puesto señorita, no le agrada el interés de su hijo en usted, no se ofenda. Es la realidad. Querrá prevenir males mayores.

—¿Males mayores?

—Bueno, es evidente que entre ustedes hay un romance, no lo niegue señorita. Alcanza con mirarlos a los dos. Se pone como una fresa cada vez que lo ve y ambos se miran. Es lo que todos dicen. Y, además, está lo del bosque...

—¿Lo del bosque? —Evie ya no parecía tan segura de sí.

—Dicen que han estado viéndose en el bosque y él la besó.

—Nelly por favor, no digas tonterías. Eso no es verdad —Evelyn sintió que se le subían los colores al rostro.

—Señorita, sea sensata, aléjese del joven Wallace. Él no puede desposarla, solo sería su querida y dudo mucho que una joven tan orgullosa como usted pudiera soportar tal cosa. Imagino que querrá un esposo y no ser amante de un caballero.

—Pues no quiero ni lo uno ni lo otro. Nunca dije que quisiera casarme y todo lo que dices no son más que maldades.

—Es lo que pasará con el tiempo, por eso creo que la condesa deberá tomar una decisión. No puede quejarse, usted se lo ha buscado. Nunca debió hacer amistad con el señor Evan, él está destinado a una dama escocesa y usted no lo es. No me mire así, es la verdad, y ahora la condesa le ha tomado rabia por su osadía. No me sorprendería que la echara ahora mismo.

—Pero yo no hice nada.

Evelyn se quedó triste y angustiada y molesta, no era justo, ella no había hecho nada. ¿Por qué debía irse?

Luego comprendió que Nelly tenía razón, y que la condesa debía estar muy enfadada con ella por haber salido de paseo con su hijo y por el interés que él le profesaba. Y por ese beso, seguramente alguien debió contarle que los vio besándose y claro, no podían decir que había sido él quien le robó un beso ¿pues quién le creería?

Sintió que el terror la dominaba al pensar que podrían despedirla. ¿Pues qué haría entonces? Ella sabía que no volvería a conversar, ni siquiera estaría cerca de Evan, pero...

Quizás fuera lo mejor. Porque Nelly tenía razón. Con el tiempo se convertiría en la amante de Evan, se enamoraría de él y luego sufriría porque él nunca podría desposarla.

Sabía que muchas jóvenes sucumbían al amor y luego terminaban con un bebé en la barriga. no era tonta. Su tía escocesa se lo había advertido con todo detalle. Una joven debía llegar pura al matrimonio y entregarse solo al hombre que sería su marido. No importaba cuántas palabras bonitas de amor le dijera un caballero, ni sus promesas de matrimonio. Un hombre decente jamás pediría semejante prueba de amor a una damisela casadera y honesta.

Pero eso no era Inglaterra, eso era Escocia, y allí al parecer tenían otras costumbres. Algunas mujeres vivían con hombres sin estar casadas y a nadie parecía importarle, especialmente los campesinos. Pues ella no era una campesina ni iba a tolerar eso.

Trató de no pensar, no quiso hacerlo.

Sintió que la angustia la embargaba cuando de pronto regresó Nelly con una carta de su tía. Fue como un viento fresco entrara de repente en su habitación. Aunque no decía mucho porque su tía era bastante parca para escribir, sus palabras amables y alegres le dieron ánimo. Se distrajo escuchando sus historias del condado y luego sin darse cuenta se quedó dormida en su cama. Estaba cansada y tenía frío.

Capítulo Diez

Al despertar todo seguía igual. El silencio y la indiferencia. Nadie le dijo qué estaba pasando ni en qué momento la condesa la despediría. Y aunque sabía que quizás fuera lo mejor, no quería abandonar la mansión. De pronto se había hecho a la idea de que ese era su hogar y que siempre viviría allí. Y recordó que él la había besado y le había jurado que un día sería suya y la había hecho sentir tantas cosas.

Pero ese día la envió buscar y tembló, tembló al imaginar que le diría que debía irse. Estaba preparada para ello, o quizás no, pero si se lo decía tendría que aceptarlo.

Nelly la miró con una expresión extraña, como si disfrutara verla así, agitada y nerviosa o tal vez se lo imaginó, pues ciertamente que no podía saber qué pensaba ella de todo eso. Por momentos parecía estar de su lado y otras... no sabía qué pensaban esos criados de ella, pero tuvo por seguro que no debían estar por su lado.

Ahora solo le quedaba aceptar lo irremediable.

Cuando entró en la habitación de la condesa la vio postrada en una cama y con criada Meg abanicándola. Debía dolerle la cabeza pues se veía algo pálida.

La saludó con un gesto mientras apretaba los labios.

—Por favor, tome asiento. Debo hablar con usted ahora señorita Stuart.

Ella obedeció y se preparó para soportar el sermón.

—Mi prima me ha escrito esta mañana y debo responderle sin tardanza.

No mencionó lo ocurrido, no le habló de su hijo ni le pidió que se alejara de él. Al parecer dijo que había pasado unos días enferma y necesitaba descansar.

Sintió mucho alivio de que no la despidiera ¿pues a dónde iría si eso pasaba? No tenía a dónde ir.

Pensó que debía ser más cautelosa y evitar la compañía de ese joven, pues, aunque ambos sabían que nada había pasado entre ellos esa amistad podría perjudicarla.

No quería que pensaran o que ...

Apartó esos pensamientos y se concentró en su trabajo, lo necesitaba. Y sería mejor que en el futuro evitara su compañía. No le había traído más que problemas. No sabía por qué se mostraba tan interesado en ella, pero no quería pensar en ello. Había conservado su puesto y eso era mucho más de lo que esperaba y debía estar agradecida.

A lo mejor todas eran maquinaciones de Nelly pues la condesa nada le había dicho al respecto y solo se veía decaída porque había sufrido un constipado. Con ella había sido amable y no notó nada extraño así que mejor no preocuparse por las tontas habladurías.

Aunque sabía que debía mantenerse alejada del heredero para no despertar suspicacias.

Ella estaba decidida a evitarlo, pero ¿qué haría él? Imaginó que luego de que su madre le hablara no insistiría.

LAS VISITAS DEJARON de llegar a la mansión y para pena de la condesa no hubo ningún anuncio de boda.

Volvió a sentir que la vigilaban, que alguien seguía sus pasos y una noche tembló cuando entró en su habitación y lo vio allí parado mirándola con un candil en su mano.

—Preciosa, lo siento, no quise asustarla.

Era Evan.

Sabía que la buscaba, que la espiaba, pero no imaginó que la había seguido hasta su cuarto.

—Qué está haciendo aquí? ¿Acaso me ha seguido? Esto no es correcto, deje de perseguirme. Soy una joven decente—le respondió temblando.

Él sonrió y luego iluminó su rostro y la miró.

—Y usted deje de esconderse, de huir de mí, nunca dejaré que se vaya. Usted está destinada a ser mía un día.

Y tras decir eso se alejó de forma tan silenciosa como había llegado.

No intentó besarla, pero sus palabras la enfadaron y también emocionaron.

Entonces sí había notado que ella lo evitaba, que se escondía para no verle, pero él siempre se las ingeniaba para seguirla, para verla.

Una mañana hasta entró en la habitación de su madre con una excusa tonta y para mirarla con fijeza. Su madre le preguntó:

—¿A qué has venido, Evan?

Él no respondió y se marchó poco después sin dejar de sonreír.

Evie entró en su habitación y la cerró con doble cerrojo pensando en ese encuentro...

No había dejado de pensar en él con frecuencia, no podía evitarlo. Estaba en su cabeza, en sus pensamientos todo el tiempo, todo el día... Era la primera vez que le pasaba algo como eso y se preguntaba si acaso estaba enamorándose de ese hombre pues eso la asustaba. Pensaba en sus besos y en las palabras que le había dicho y se preguntaba si no sería más sensato marcharse.

¿Pero a dónde iría? Si abandonaba la mansión la atraparían y estaría perdida. Al menos sabía que allí estaría a salvo y no podrían encontrarla jamás.

Sin darse cuenta tocó la medalla que llevaba en su cuello, la que su madre le había regalado al cumplir los dieciséis. Era una de las pocas joyas que llevaba consigo para no despertar sospechas pues para todos era una joven huérfana que debía ganarse la vida y en parte lo era, pero...

Tragó saliva y suspiró.

Debía poner fin a ese capricho del corazón, a esa locura. Debía hacerle comprender a ese hombre que ella no sería su conquista.

Tendría que ser fuerte y alejarse, como hasta ahora.

Lo evitaría siempre que pudiera, se alejaría de él y no daría más paseos sola pues sabía que él la espiaba.

Pero él sabía dónde se escondía, sabía dónde encontrarla.

No tenía manera de escapar o quizás sí pudiera hacerlo.

Trató de evitarlo, pero le sentía cerca, cada vez más cerca. Y por más que luchara él estaba allí, en sus pensamientos y una mañana mientras daba un paseo lo vio allí en la pradera, montado a su caballo. Se había escabullido para poder caminar un poco y estirar las piernas pues como la condesa, llevaba días encerrada y sabía que luego el frío haría imposible que saliera de la mansión.

Se quedó tiesa al verle mientras sentía que su corazón latía acelerado, no pudo evitar sentir tanta alegría de repente y sabía que era completamente tonto e irracional.

Y él se acercó espoleando a su caballo como si tuviera prisa.

Fue imposible hacer de cuenta de que no lo había visto y escapar por su bien, no quiso ser descortés además se sintió como paralizada. Había salido a tomar aire, a respirar y lo primero que vio luego de las montañas heladas y ese paisaje verde de las Highland fue a él, al heredero.

Cuando le tuvo allí enfrente él la saludó y se le acercó.

Ella tembló al comprender lo que pasaba y de pronto se encontró entre sus brazos sintiendo que tomaba su rostro y la miraba con desesperación.

—¿Por qué huye de mí, señorita? ¿Por qué lo hace? —le preguntó sin dejar de mirarla.

—No estoy huyendo de usted.

Él sonrió.

—Sí lo hace, no lo niegue.

Él la envolvió fuertemente entre sus brazos y ella se estremeció. Sabía que no podría escapar, no hasta que le dijera la verdad.

—Creo que usted lo sabe muy bien señor Wallace y por favor suélteme.

Él la retuvo entre sus brazos.

—Lo siento, es que temía que se escapara otra vez. Llevo días buscándola, la sigo por todas partes como un fantasma. No dejo de pensar en usted señorita, y de extrañar su compañía. ¿Por qué me evita de esta forma?

—Porque no es correcto. Por eso. No es correcto y lo sabe.

—¿Y por qué no debería serlo? ¿Qué hay de malo en que la corteje y luche porque sea mía?

—Jamás seré suya. ¿Para usted seré una simple criada de categoría, pero tengo mi orgullo sabe? Y no vine aquí en busca de amoríos.

Nunca pensó que diría eso, pero envuelta entre sus brazos se sintió tan extraña, tan débil de repente. No pudo evitarlo, no pudo resistirse, fue tan inesperado y tan intenso, el momento, su mirada, la forma en que la abrazaba.

—Por favor, déjeme.

Él no lo hizo, al contrario, la retuvo entre sus brazos sin dejar de mirarla y de pronto siguiendo un impulso acercó sus labios a los suyo, tomó su rostro y la besó. Un beso dulce y ardiente, un beso inolvidable.

Pero no era correcto y lo sabía, no podía hacer eso y lo apartó nerviosa.

—Déjeme. No se atreva a besarme otra vez. ¿Es que se ha vuelto loco? Su madre se enfadará y me echará de la mansión.

—Eso no pasará, se lo prometo. Nadie la despedirá y si lo hacen yo iré por usted. Además, ella ya lo sabe.

—De qué habla?

—Mi madre sabe que estoy interesado en usted y me ha dicho que estoy loco, pero no se opuso. No puede oponerse a mis deseos. Ya no soy un muchacho, soy un hombre. Y luego de una breve discusión le he prohibido que la expulse de aquí porque si lo hace yo iré a buscarla.

—Señor Wallace, creo que se ha tomado demasiadas libertades y fue un error enfrentarse a su madre por mi culpa.

—Ocurrió el día que nos vio llegar juntos, de la mano del bosque. ¿Lo recuerda? Y yo no creo que sea un error. Al principio solo la deseaba es verdad, me gustaba mucho pero ahora me interesa y no permitiré que se marche de aquí. Usted va a ser mía, señorita Evelyn.

—Pues eso no pasará, no seré su amante señor Wallace. Tengo mi orgullo sabe y no vine aquí para terminar convertida en su diversión.

—Entonces cásese conmigo, preciosa. Si no quiere ser mi diversión, sea mi esposa.

Esa petición le pareció algo precipitada y muy extraña.

—¿Acaso bromea? ¿Juega usted conmigo?

—Claro que no, iba a pedírselo el otro día cuando la besé, pero usted corrió y pensé que no era el momento. Por favor, deje de torturarme, de huir de mí, señorita inglesa. ¿Sería usted mi esposa? Es que necesito una y solo la quiero a usted ahora—le dijo entonces.

Ella se quedó mirándole estupefacta.

—Está loco... lo que dices es una locura. No soy más que una empleada de su madre. Jamás podría ser su esposa y lo sabe.

Él sonrió.

—Pero tiene sangre escocesa. Y es muy hermosa y dulce y la deseo tanto. Sería la esposa perfecta para mí.

Evelyn no supo qué decir, le parecía insólito que le hiciera esa petición de matrimonio ahora. ¿O acaso se lo pedía porque necesitaba una esposa y estaba desesperado? No quiso hacerse ilusiones, pero su corazón latía a toda prisa. Ciertamente que no esperaba que dijera eso.

—No puede hablar en serio—musitó.

—Y cree que bromearía con algo así? Mi madre lleva tiempo buscándome una esposa, pero ninguna dama logra hacerme sentir el deseo irrefrenable de casarme. Ninguna excepto usted, con usted sí cometería esa locura.

—Y eso es lo que piensa del matrimonio?

Él sonrió.

—Bueno, es que llevan años buscándome una esposa y es como si la hubieran traído a usted para eso pues desde que la vi que pensé que era perfecta para mí. Y estos días que no he podido verla me he vuelto loco. Por favor, deje de huir de mí, ¿no ve que eso es mucho peor? Deje de hacerme sufrir, quiero que sea mi esposa y hablo en serio. ¿Cree que bromearía con algo así?

Era demasiado bueno para ser real. Algo inesperado y raro.

Ese joven era un bandido que enamoraba a todas. Y quizás solo usaba esa treta para engatusarla y convertirla en su amante. A veces prometían matrimonio por esa razón, para llevarse a una mujer que deseaban mucho y que se resistía a la cama y arrebatarle su virtud.

—Pues no le creo señor Wallace, está usted jugando conmigo. Pues no creo que finalmente decida casarse cuando ha jurado no hacerlo y escoja a una criada, a la dama de compañía de su madre. Cuando tantas damas hermosas han sido rechazadas antes, por usted.

Él no se molestó por su sincera respuesta.

—¿No me cree? Piensa que solo deseo aprovecharme de usted ¿verdad? Pues yo le demostraré que se equivoca señorita. Piense con calma porque he hablado en serio. ¿Cree que le pediría matrimonio a una mujer si no hablara en serio? Bueno, sé que está sorprendida y algo asustada, le daré un tiempo para que lo piense.

Ese joven la deseaba, le dijo que estaba loco por ella, pero no la amaba, solo quería que fuera su esposa porque pensaba que era apropiada. Lentamente comenzaba a comprender todo. Sus emociones eran tan intensas y extrañas en esos momentos. No supo qué decir ni qué hacer, le parecía tan precipitado.

Y se lo dijo. Sin rechazarle porque no se atrevió ni quiso hacerlo le dijo que no podía responderle, que se sentía emocionada y extraña. Por otra parte, era la verdad.

—Está bien, esperaré a que pueda responderme. No me diga nada ahora. Sé esperar...

Entonces comprendió que hablaba en serio, quería que fuera su esposa. Era una locura que se lo pidiera, estuvo segura que su madre se opondría y la odiaría por haber hecho eso. Por haber hecho que él le pidiera matrimonio.

No podía aceptar su petición y, sin embargo, ay, deseaba hacerlo, deseaba casarse con ese joven guapo y estar a salvo. Tener un hogar y no tener que pensar en el mañana. Llevaba tantos meses a la deriva, escondida, con miedo.

Regresaron poco después, ella no quería que notaran que se había ausentado demasiado ni que había estado conversando con el joven Wallace, pero mientras se encaminaban rumbo a la mansión sintió pisadas alejarse y se detuvo.

—Hay alguien cerca—se quejó.

Él se detuvo en el acto.

—Acaso lo habéis visto?

—No, pero escuché pasos alejarse. Nos han visto... eso no es bueno.

—Acaso han vuelto a seguirla señorita?

Ella no lo negó.

—No tema, seguramente era un criado, pero si usted ve a alguien le ruego que me avise.

No había nadie y nunca veía a nadie, pero de todas formas sentía que alguien la espiaba. No sabía si era una criada celosa de que despertara miradas o uno de esos mozos que le dijo Nelly que la consideraban un sabroso bocado.

Por otra parte, no creía que un criado se atreviera a espiarlos.

A menos que alguien los enviara hacerlo.

Caminaron en silencio y él tomó su mano con la excusa de que no quería que tropezara.

De todas formas, lo hizo y entonces él la atrapó entre sus brazos y cayó sobre ella. Fue tan inesperado que lanzó una exclamación y de pronto él la miró y la besó.

Habían llegado a un lugar frondoso y escondido, un monte lleno de árboles viejos y blando suelo. Y de pronto sintió que la abrazaba y apretaba en un arrebato y ella se dejaba llevar por ese abrazo.

—Es usted tan hermosa señorita inglesa, tan distinta a todas...

—Déjeme ir, esto no es correcto y lo sabe.

—Pero me muero por abrazarla, por sentir su calor y el sabor de sus labios. Y usted responde a mí, puedo sentirlo, cásese conmigo, por favor.

Ella no podía pensar con claridad, quería escapar y quería estar entre sus brazos era tan extraño. Lo deseaba...

—¿Su madre me odiará y lo sabe, es que no lo ve? Han intentado asustarme casi desde mi llegada y ahora será peor.

—Quién la ha estado atemorizando?

—Es que no lo sé, pero no me siento tranquila. Alguien me vigila y temo que me haga daño por el interés que usted demuestra por mí.

—No tema, no permitiré que nadie le haga daño. Se lo aseguro. Saben que si le hacen algo serán severamente castigados.

Pero alguien había tratado de asustarla y ahora seguían sus pasos.

—Debemos regresar—dijo entonces Evie al comprender que ambos estaban demasiado cerca y ella no quería que la vieran en tan comprometedora situación.

Él la ayudó a incorporarse y luego la abrazó y le robó un beso fugaz.

—No tema preciosa, nunca le haría daño... pero piense en lo que le he dicho.

—Lo haré, pero por favor, no le diga nada a su madre o me despedirá. Todavía no diga nada, se lo ruego. Necesito tiempo y yo...

No estaba lista para casarse, y además sabía que la orgullosa lady Wallace jamás aceptaría un matrimonio tan desigual. Ella esperaba que su hijo escogiera una dama de alcurnia que tuviera más salud que la pobre Sophia. Lo decía constantemente y hasta insinuaba que la hija de su prima, la señorita Agnes era la candidata adecuada.

Era muy hermosa, por cierto, pero Evan parecía inmune a sus encantos y su madre lo retaba por eso, lo había oído días atrás.

Regresaron juntos, pero ella quiso apartarse, pero él la siguió muy de cerca sin dejar de mirarla.

Entró a la mansión con el corazón palpitante. No podía creer lo que acababa de pasar, sonrojada sintió cada latido fuerte de su corazón en la boca al tiempo que tomaba aire por la correría y se preguntaba si alguien los había visto. Si la condesa se enteraba estaría perdida. Ella no debía saber que se había estado besando con su hijo y que había caído en sus brazos.

Pero no estaba segura de nada en esos momentos.

Quizás Evan Wallace era un seductor que quería hacerla suya, convertirla en su amante y por eso le había pedido matrimonio.

Pero ella no lo creía en realidad, parecía tan sincero...

Solo que no debía dejar que la hiciera suya, que le hiciera el amor sin que antes le pusiera una sortija en su dedo.

Aunque la condesa jamás daría su aprobación, había un cambio en ella, no era tan locuaz como antes, ni le contaba cosas de su familia. Parecía distante y en verdad su trabajo había menguado mucho últimamente porque la señora sufría jaquecas y estaba de un humor de perros. Porque su hijo no se casaba con la bella Agnes.

En cuanto ella se enterará que su hijo le había pedido matrimonio.

Trató de no pensar en ello, pero le fue imposible.

Podía recordar sus besos apasionados y estremecerse.

Nunca antes había sentido algo así y lo sabía.

Todo su ser respondió a ese abrazo provocándola algo desconocido y extraño para ella, algo de lo que ni siquiera sabía el nombre, pero sabía qué era, podía sentirlo en su piel. Deseo, pasión. Ya no era una jovencita, y pensó que no sería difícil entregarse a ese hombre como había creído. Pensó que no estaba lista para ser una esposa y que nunca se casaría pues tenía pasta de solterona como su tía Alice. Qué extraño descubrir que no era así.

De repente pensó que deseaba el abrazo apasionado de Evan, quería tener un bebé y un hogar, quería un esposo que la venerara y le diera todo lo que la vida le había negado. Todo lo que un día le fue arrebatado por ese hombre que tomó su herencia y le quitó todo.

A nadie la había contado sobre sir Arthur y era mejor así.

Pero luego se sintió mal por tener esos pensamientos tan egoístas y ruines. Ella no era así, no era una oportunista... ¿pero acaso podría rechazar al heredero, decirle que no? No se atrevería y lo sabía por la sencilla razón de que no quería hacerlo. Él dijo que necesitaba una esposa y que solo la quería a ella, la deseaba a ella. Cuando estuvieron en el bosque y él la abrazó al caer y cayeron juntos sintió, sintió ese abrazo como si un fuego desconocido la rodeara y mientras la besaba sintió que todo su ser estaba listo para ser tomada por él. Ay lo deseó tanto que eso la hizo sentirse inquieta y asustada. Pues no era correcto. No debía caer en la tentación, no debía seguir esos juegos...

Por fortuna lady Catherine le había dado el día libre, así que pudo encerrarse en su habitación y descansar de la correría y pensar en todo lo que había pasado. No dejaba de estremecerse al recordar sus besos, al pensar en él. ¿Acababa de pedirle que fuera su esposa, por qué no le aceptó? ¿Por qué se mostró tan desconfiada?

Un golpe en la puerta la volvió a la realidad.

Era Nelly con su almuerzo.

—Está frío, creo que tardó demasiado hoy en su paseo y la cocinera se fastidió—dijo la doncella.

Evie vio que había un plato hondo lleno de sopa de pollo y legumbres y pensó que estaba hambrienta.

—Gracias Nelly. ¿Lady Catherine me llamó? —preguntó.

La doncella sonrió.

—Sí y al parecer también echó en falta al joven Wallace y eso la puso de un humor de perros. Y dio órdenes de no ser molestada pues sufre de sus horribles jaquecas otra vez.

Evie tragó saliva muy tensa.

—Nelly, ella sabe que...

—¿Que usted se ve en secreto con su hijo y se besan a escondidas? Pues sí, lo sabe y no lo aprueba. Está furiosa pero luego ha dicho que su hijo es un hombre y no puede inmiscuirse en sus aventuras. Dice que los hombres tienen esa necesidad...

¿Aventuras, necesidad? ¿Eso pensaba que era ella para su hijo? Evie lloró en silencio mientras probaba la sopa que sí estaba fría y bastante desabrida.

—Usted está loca por él verdad?

Evie la miró y asintió en silencio.

—Señorita no se ofenda, pero la condesa jamás permitirá que él se case con usted y no espera que le pida matrimonio. Y usted será la más lastimada porque terminará con un bebé en la barriga y la enviarán muy lejos cuando eso pase.

—Hablas con mucha certeza como si eso ya hubiera pasado.

Nelly no respondió.

—Vaya, qué extraño. Parecía usted tan remilgada y fría cuando vino aquí diciendo que no buscaba marido sino trabajo y ahora... está enamorada del joven Wallace.

—Y supongo que todos lo saben.

La doncella asintió.

—Pero todos saben cómo terminará esta historia y sienten pena por usted. Evan Wallace siempre tiene lo que desea, pero sabe que no puede casarse con una criada, tiene un deber con su familia: traer a una dama de linaje igual al suyo y convertirla en su esposa. Quizás la quiera a usted de forma romántica, pero todos dicen que solo está encaprichado y obsesionado porque quiere convertirla en su mujer, en su amante, porque es una dama hermosa y fina. Pero su madre no tolerará que tenga una esposa y a su amante viviendo en esa mansión. No tolera las inmoralidades, es una dama muy estricta y la expulsará si se entera que se entregó a él.

—Eso nunca pasará. No soy tan débil como creéis. Y no qui ero ser expulsada, necesito el trabajo.

—Entonces sea más discreta y no se pierda toda la mañana en el bosque y regrese de la mano de Evan, todos los vieron salir del bosque abrazados. ¿Qué creéis que pensó la condesa? Ella siempre vigila a su hijo, y también la vigila a usted. Solo le estoy avisando. La condesa está muy molesta con usted, pero es muy orgullosa para decírselo. Ella nunca enfrenta a sus enemigos de frente. Lo hace con suma sutileza. Tenga cuidado y no deje que Evan la convierta en su amante porque estará perdida. Él no se casará con usted y usted no podrá casarse con ningún otro hombre, si pierde su virtud ningún hombre la querrá de esposa señorita por más hermosa que sea.

Evie comprendió que Nelly tenía razón, le parecía estar escuchando a su madre, a su tía, cuando le hablaban de los peligros de dejarse llevar por la pasión romántica. Ya había pasado demasiados límites, ella no debía permitir que un hombre que no fuera su prometido la besara, ni tampoco que la tocara y ella había estado acostada en la hierba apretada a él, tan apretada que pudo sentir su corazón latir acelerado apretado a sus pechos y luego sus caricias... eso no era correcto, pero le había gustado tanto.

Además, le había pedido matrimonio. ¿Sería tan seductor de pedirle matrimonio aun cuando sabía que su madre jamás lo dejaría desposarla? ¿Solo porque era su capricho y parecía obsesionada con ella?

—Tenga cuidado señorita, le digo por su bien. Se habla mucho aquí de una boda concertada con la señorita Agnes MacInner. La condesa no se dará por vencida y por eso la invita tanto a la mansión. Espera que su hijo recapacite y sé que al final lo hará para complacer a su madre y cumplir con las responsabilidades de su antiguo linaje.

La joven guardó silencio. ¿Parecía estar de su lado, pero podría confiar en ella? ¿Podría confiar en alguien de esa mansión? De pronto se sintió horriblemente sola y confundida. Y ciertamente que quería escapar.

Ni siquiera pudo comer tranquila y molesta fue en busca de su diario para escribir y desahogarse. Lo necesitaba.

Pero no estaba donde lo había escondido. ¿Lo habría cambiado de escondite?

Era muy molesto tener que hacer eso, esconder sus objetos personales porque en esa mansión alguien la espiaba todo el tiempo y entraba en su habitación para ponerle cuadros aterradores y demás.

Ahora no recordaba si lo había cambiado de lugar y comenzó a registrar todo. Al punto que cuando entró Nelly para llevarse la bandeja la encontró con toda la habitación de cabeza.

—¿Qué sucede señorita?

—Es mi diario, no está, alguien lo tomó.

—¿Su diario? ¿Tiene usted un diario? —Nelly parecía sorprendida.

—Sí. ¿Acaso jamás lo has visto en mis pertenencias?

—Pero yo no soy mucama señorita, solo doncella. Aguarde, la ayudaré a buscar. Seguramente debió caerse en el armario o en algún lugar. ¿Dónde lo guardó usted?

—Es que no lo recuerdo.

Nelly la miró ceñuda, pero la ayudó a buscar el diario y ambas revolvieron todo sin ningún resultado.

—Alguien me lo ha quitado, alguien me lo robó.

—Señorita, ¿por qué alguien haría eso? Es solo un montón de hojas escritas que solo a usted podría interesarle.

—Pero mi vida está allí, mi vida entera.

Y sus secretos.

Evie tembló al comprender que eso era mucho más peligroso que la simple desaparición de un diario cualquiera. En ese diario ella había contado todo y lloró desesperada. Pues si alguien lo leía, si llegaba a manos equivocadas...

—No se preocupe, pocos criados saben leer. Además, quizás está escondido en algún lugar que usted olvidó recordar. No entiendo por qué se pone tan nerviosa—dijo Nelly finalmente se rindió y decidió llevarse la bandeja.

Luego envió a una mucama para que la ayudara a buscar ese desorden.

Pero el diario no apareció y furiosa pensó que por más que cerrara todo con llave alguien tenía la llave de su habitación y ahora se había dedicado a fisgar entre sus cosas. ¿Por qué rayos se llevarían su diario?

Entonces pensó en la cajita con sus joyas heredadas de su madre, eran su única fortuna ahora, su huya si era expulsada de la mansión.

Pero la cajita estaba guardada en su lugar, escondida entre sus blusas. Llevaba la llave colgada dentro de su monedero y la abrió. No faltaba nada. Pudieron tomarla, no era difícil de encontrar.

¿Por qué entonces se robarían su diario?

¿Acaso Evan estuvo allí husmeando y decidió llevarse el diario?

No. No lo imaginaba. ¿Por qué lo haría? Era un joven frontal y tomar un diario no parecía ser algo decente.

Pero si alguna criada curiosa lo hizo, una criada que supiera leer...

Trató de no pensar en eso, pero se quedó muy intranquila.

Parecía estar confinada en su habitación llevaba días allí sin poder trabajar con la condesa y cada vez que salía algo le faltaba.

Molesta siguió buscando el diario el resto del día, pero no tuvo suerte. Había desaparecido. Alguien lo había tomado, y si llegaba a manos de la condesa estaría perdida.

DÍAS DESPUÉS LA CONDESA la envió buscar porque necesitaba de ella.

Eso la reconfortó pues llevaba días confinada casi en su habitación sin poder dar paseos para no ver a Evan. Temía que su petición de matrimonio fuera una treta y más que eso temía caer en la tentación.

Cuando entró en la habitación de la condesa la encontró muy alegre y animada.

—Señorita Stuart, buenos días, qué lindos colores trae usted. Supongo que habrá podido tomar aire estos días.

Ella se sonrojó cuando dijo eso. En realidad, se lo había pasado encerrado.

—Mi hijo Evan tuvo que marcharse esta mañana en compañía de mi prima y su adorable hija. Creo que es inminente que haya una petición de mano en poco tiempo—dijo de pronto.

Evie sintió una punzada de dolor, fue como si le clavaran un puñal.

—Vaya. Me alegro.

—Bueno, es lo que todos esperamos. Hace tiempo que mi hijo conversa con Agnes y ella es una joven tan buena y encantadora. Algo delgada pero bueno, al menos tiene salud. Y más que eso. Tiene un excelente parentesco y será una gran boda después de tanta tragedia en esta familia.

—Pues felicidades.

—Gracias... ahora por favor señorita Stuart, necesito que envíe nuevas invitaciones pues pienso dar una fiesta para celebrar mi cumpleaños y reunirme con parientes lejanos. Será una celebración discreta pero ya acabo de recibir las invitaciones de la imprenta y debo enviarlas de inmediato.

Ella suspiró aliviada. De haberle dicho que la fiesta sería de compromiso con la hermosa y perfecta señorita Agnes MacInner se habría puesto muy nerviosa, ya podía sentir su corazón acelerado al pensar que Evan pronto pediría la mano de esa joven. Pero él le había asegurado que ninguna joven le interesaba, solo ella entonces... ¿Le había mentido solo hacía porque su madre lo obligaba?

—Señorita Stuart, ha repetido dos invitaciones. Está muy desatenta.

La retó la condesa.

—Lo siento lady Catherine.

La dama la miró con intensidad.

—Señorita Stuart, espero que no le moleste la pregunta, pero usted mencionó que tenía parientes escoceses, pero jamás dijo su nombre.

Ella se quedó mirándola sin ocultar su incomodidad.

—Lo siento lady Catherine, prefiero no me mencionar a mis familiares. Ellos no fueron buenos con mi madre ni tampoco quisieron verme cuando acudí a su casa—le confesó.

Pero la condesa no pareció conmovida.

—Qué extraño. Me sorprende. Los escoceses siempre cuidamos de los nuestros. Algo muy malo debió hacer su madre para no ser perdonada, supongo.

Evie sintió que las mejillas le ardían, la condesa sabía ser cruel cuando quería y ahora parecía no tenerle ningún aprecio al parecer.

—Mi madre se fugó con mi padre, se casó sin el consentimiento de su familia. Rechazó al joven que su familia había escogido para ella. ¿Cree que por eso debieron abandonarla de por vida y dejarla librada a su suerte luego de enviudar y quedarse enferma y con una niña que cuidar?

Ahora Evie estaba furiosa, indignada. Acababa de enterarse que Evan iba a casarse con una rubia remilgada escocesa, y que solo le quedaba marcharse. ¿Qué más daba ser sincera y defenderse una vez de tantas veces que esa dama la había hostigado?

—Bueno, no puedo decir nada al respecto. La rebeldía de los jóvenes que se enamoran de las personas equivocadas siempre termina en desgracia, querida. Mi pobre hijo perdió a su novia por escoger a una joven equivocada y mi otro hijo que en paz descanse encontró la muerte por encapricharse de la esposa de otro hombre. El amor equivocado puede ser la ruina de un hombre y mucho más de una mujer pues si queda desamparada luego no tiene a quién acudir.

Evie no dijo nada, las desgracias de su familia ya no le incumbían. Debía pensar en abandonar la casa cuanto antes. Había perdido su diario y también al hombre del que se había enamorado como una tonta, pero...

De pronto sintió su voz y tembló de pies a cabeza.

Era él, Evan Wallace y llegaba muy contento acompañado de Agnes y su madre, la prima Mildred. Ambas estaban radiantes y Agnes no dejaba de mirar a Evan con absoluta devoción, pero él estaba allí, en los aposentos de su madre y solo la vio a ella.

—Buenos días, señorita Evelyn. Qué bueno saber que ha regresado a su trabajo.

Esa frase la dejó fría, desencajada mientras respondía con un saludo más formal.

—Evan querido, ve con Agnes a dar un paseo. Necesitáis conversar seguramente y nosotras os estorbamos.

Evan miró a su madre y Evelyn pensó que le haría caso, pero él en cambio tomó su mano y le dijo si quería dar un paseo.

La condesa la miró sin ocultar su furia y lo más sensato para Evie habría sido rechazar semejante invitación, pero no pudo hacerlo. Quizás él quería decirle algo importante, decirle que su boda ya no podría ser o...

—Por supuesto, pero... es que su madre me necesita aquí señor Wallace.

—Madre, por favor, deja en paz a la pobre Evie, la hacéis trabajar demasiado. Supongo que no habrá problema en que escriba las invitaciones más tarde.

—Pues no creo que sea buena idea eso. Tengo prisa. Luego daréis un paseo para conversar. Ahora necesito a Evie aquí.

Evan se rindió y miró a su madre molesto. Era educado y, además, había una tensión creciente en el aire. Frente a sus invitadas no diría nada, aunque imaginó que a solas no se mostraría tan complaciente con su madre.

—Por supuesto madre, ahora debo irme a recorrer el campo—dijo y la miró con una sonrisa y se despidió de las otras damas dejándolas allí paradas.

Al menos no se fue con Agnes como quería su madre.

Pero ella tuvo que quedarse y terminar las invitaciones soportando las reprimendas de la condesa que parecía muy molesta con ella y muy ansiosa de hacerla escribir cien veces los nombres hasta que la caligrafía fuera aceptable.

Los nervios la traicionaban, mientras escuchaba hablar a Agnes sobre lo pintoresco del pueblo.

—Es mejor que vayas conociendo el lugar, estoy segura querida que muy pronto celebraremos una boda aquí—dijo la condesa.

Evie se tensó, pero comprendió que entonces el asunto no iba viento en popa como quiso hacerle creer la condesa minutos antes. ¿Entonces por qué le había mentido? ¿Por qué le hizo creer que pronto su hijo se casaría con la señorita Agnes? ¿Para advertirle que se alejara de él?

Regresaba cabizbaja a su habitación cuando de pronto sintió pasos en el corredor.

Era muy tarde y había una luz mortecina y eso la asustaba.

Además, tenía los nervios destrozados luego de tener que soportar la cháchara de la condesa con sus invitadas y escribir las invitaciones y dos cartas que le había pedido.

Pero al menos lo había visto. Un momento, pero lo había visto. A Evan Wallace. Su amor. Su corazón había latido sin control al verle y una inusitada alegría la envolvió luego de sufrir al pensar que se casaría con otra.

Pero ahora recordaba que nadie la quería en esa casa y que alguien la seguía con pérfidas intenciones y apuró el paso. Apuró el paso y corrió sin detenerse hasta que se detuvo en la puerta de su habitación y sacó la llave. Pero no funcionaba en la cerradura porque estaba abierta. Se precipitó a su interior sin mirar atrás y entonces cerró todo con doble cerrojo y sintió que los pasos se alejaban despacio. La habían seguido, la habían seguido y pudieron hacerle daño.

Y además estaba segura que luego de marcharse había cerrado con llave su habitación y ahora estaba abierta. Alguien pudo entrar...

Prendió las dos lámparas para iluminar la habitación por si había alguien, pero todo estaba en silencio.

Pero entonces vio sobre la cama su diario.

Estaba segura que ella no lo había dejado allí, pero alguien sí lo había puesto y nerviosa comenzó a tirar del cordel.

Nelly llegó con cierta demora cubierta con su gorra de dormir y expresión de cansancio.

—Nelly, disculpa ¿pero acaso tú has encontrado mi diario?

Ella miró su diario sin ocultar su sorpresa por la pregunta.

—Oh no señorita, yo no lo encontré, y eso que lo busqué durante días.

—Está aquí, alguien lo encontró o...quien lo tomó lo ha devuelto.

—Eso es una locura. Está segura que no fue usted quién lo dejó allí?

—No. Pero mi puerta quedó abierta, Nelly.

—Debió ser un descuido de las fregonas. Por favor señorita, deje de perseguirse tanto. Me pregunto qué habrá en ese diario que no quería que nadie supiera.

Evie se puso colorada de repente, pero no dijo nada y guardó su diario.

Había tenido un día difícil y solo quería descansar.

A LA MAÑANA SIGUIENTE la condesa le ordenó quedarse en su habitación porque sus servicios no eran requeridos, pero le dijo que no estaba autorizada a dar paseos. Que aprovechara para descansar.

Por supuesto que la encerraba para que no pudiera reunirse con Evan. Era como un castigo mientras ella trataba de convencer a su hijo y lo alejaba de ella.

El día estaba gris y hacía mucho frío, así que decidió que bordaría unos pañuelos y luego leería el diario de la desdichada Sophia.

Ahora más que antes quería saber cómo había conocido a Evan y cómo había sido su amor.

Hojeó el diario y pasó por alto los cumpleaños y de pronto notó que al parecer tenían algo en común, por distintas razones ninguna de las dos había sido presentada en sociedad. A Sophia no la presentaron porque sus padres creían que no estaba hecha para el matrimonio y luego de leer algunas páginas comprendió que ese pensamiento la entristecía. Ella quería demostrarles lo contrario y su romance con Evan fue una forma de desafiar tantas prohibiciones.

"Dios mío, no me dejan hacer nada, no puedo andar a caballo porque podría quebrarme, tampoco dar largas caminatas ni ir a fiestas. Y mis amigas me envidian porque creen que mis padres me adoran y lo tengo todo. ¡Soy la rica heredera del clan MacAlyster... pues si ellas supieran la verdad! Si tan solo imaginaran mi pena y el calvario de vivir en una jaula."

Evelyn se llevó una sorpresa al leer esas líneas, no lo esperaba. Sophia era toda una rebelde, podía notarlo. Y pensó que era una joven mimada y caprichosa, acostumbrada a tenerlo todo, pero no lo que ella quería: una vida normal.

Entonces mencionó a su amiga Adele.

"Ella es la única que me entiende, con ella puedo conversar largas horas y sentirse mejor. He llorado tanto, nadie sabe cuánto..."

Pasó las paginas molesta de que hablara tanto de su amiga Adele y entonces llegó al momento en que conoció a Evan.

Allí estaba Evan, vio su nombre y su corazón palpitó.

"Anoche fui a una fiesta a la que fui invitada luego de tanto tiempo. Fui con mi vestido más bonito, el color beige y usé el cabello suelo rubio, con bucles y unas cintas. Luego al ver a las otras damas me sentí tan infantil y pasada de moda… pero no me importó porque todos no dejaban de mirarme.

OH mi querido diario tengo tanto que contarte. Estoy feliz porque en esa fiesta conocí a un joven guapo y muy encantador que me pidió que le reservara todas las piezas de mi carné de baile, pero tuve que confesarle que no tenía un carné pues mi doctor no me permite bailar. Él dijo que no importaba y que bailaríamos toda la noche para que luego pudiera contarle a mi doctor.

No sabía quién era, pero se llama Evan Wallace y es muy rico y apuesto. Vive en la mansión de los condes de Wallace. Emparentados con el rey Jacobo. Mi madre se puso muy contenta al enterarse.

Pero luego me dijo que no me hiciera ilusiones porque seguramente ese caballero ya tendría una boda concertada" …

Así nació el romance.

Evan fue a visitarla días después, pero su amiga Adele no estuvo presente y eso la enfureció. Ella estaba celosa de su romance. Muy celosa.

"Teme que yo deje de ser su mejor amiga, es tan tonta a veces. Tan celosa. Es como una niña y mis padres no quieren que sea su amiga porque tiene una tara y eso no se ve bien. Pero… yo la quiero mucho.

Más adelante escribía de nuevo de Adele:

"Hoy me he peleado con ella y se marchó molesta. Pero acaso está loca? Sabes lo que me dijo:

"Ese joven no te quiere Sophia, solo te desea como una manzana. Cuando te tenga irá por otra manzana para lamer y mordisquear. Es un mujeriego sinvergüenza" dijo Adele.

Cuando su amiga Adele le soltó esa frase recibió una sonora bofetada y la pobre se puso a llorar.

"Pues no te atrevas a hablar así de mi prometido. Él me ama, está loco por mí y tú solo estás celosa y dices tonterías. No quiero volver a verte, vete a tu casa. Ya no serás mi mejor amiga le respondió Sophia implacable.

Adele se disculpó entre lágrimas y luego se marchó y no volvió a aparecer por días.

Y de pronto Adele desapareció de su vida y de su diario.

Su madre trató de interceder por esa amistad.

"Pero Sophia, Adele es tu amiga de infancia, no puedes distanciarte por una tontería que dijo. Ella se disculpó, te envió una carta".

Pero al parecer Sophia no estaba dispuesta a perdonarla.

"Adele ha cambiado, ya no es la misma. Está loca de celos y dice que Evan solo me desea como una manzana".

Su madre dijo que no era así y luego Sophia dejó de escribir. Por las fechas, volvió a escribir dos semanas después para hablar de su boda.

Su próxima boda absorbía por completo.

Solo estaba molesta porque sus padres no aprobaban que diera ese paso con Evan Wallace.

"Ese joven no tiene buena fama. Su hermano murió por perseguir a una dama casada y además... "

Pero Sophia no escuchó nada de lo que dijera su madre.

Ni tampoco los consejos de su doctor sobre su salud.

Sufría una debilidad en los huesos por eso era tan pequeña. Además, también se resfriaba con frecuencia y por eso su madre chillaba que tenía los pulmones débiles, pero en esos momentos Sophia gritaba a los cuatro vientos que era fuerte como un toro y que se casaría con Evan Wallace, pese a quién le pese.

Y ciertamente que en esa casa a todos le pesaba esa boda.

Evie siguió leyendo cautivada por su relato.

Sophia solo quería tener una vida normal. Ser fuerte como las jóvenes de su edad, sus primas estaban comprometidas y dos se habían casado y no eran ni la mitad de guapas que ella. Eso era injusto. Siempre le dijeron que no podría casarse porque no tenía salud. Tampoco tenía pretendientes y todos decían lo hermosa que era...

Pues ¿cómo iba a tener festejantes si se lo pasaba encerrada charlando con su amiga Adele?

Y entonces apareció una escena en la que el doctor de Sophia habla con sus padres para impedir esa boda y ella los escucha detrás de la puerta.

"Mi pobre hija está enamorada doctor, usted no se imagina... ella quiere tanto casarse" dijo su madre.

"Señora, no es prudente, sabe que padece un mal hereditario. No tiene salud y usted sabe por qué. Debe evitar esa boda, debe evitarla señora. Su hija no puede casarse".

Sophia lloró mucho cuando escuchó eso porque pensó que su compromiso se tambaleaba. Sin embargo, nada dijeron al respecto.

Su madre le dijo que todo estaba bien sin darle más detalles.

Entonces la boda parecía ir viento en popa.

Sophia dio órdenes a sus doncellas de que llevaran su ajuar a la mansión Wallace y también su ropa de abrigo.

Ella estaba tan feliz. No dejaba de hablar de la mansión y sus leyendas y también de Evan...

Sin embargo, no expresaba con claridad sus sentimientos hacia él, en ningún momento confesaba estar enamorada. Solo quería tener una vida normal, escapar de su casa prácticamente. Se sentía muy orgullosa de haber sido la elegida y de que todos dijeran que era la más hermosa.

Pero no hablaba bien de sus futuros suegros y eso la extrañó.

"Lady Catherine no deja de mirarme como si fuera un insecto molesto y de que quejarse que ella habría preferido a esa pelirroja tonta heredera del clan MacArthur, Ruth Byrston. Pero Evan nunca quiso casarse con esa floripona colorada y gorda. Él me adora, está loco por mí, dice que soy tan delicada y hermosa... no le importa que sea delgada, pero lady Catherine es otro cantar. Ella no me quiere y lo noto.

Murmura cosas a mis espaldas con sus primas las tres hurracas del cuento. Son tres bellotas inmundas y criticonas.

Pero nadie va a impedir que me convierta en la señora Wallace muy pronto. Ni siquiera mis padres ni ese infame y estúpido doctor.

Y más adelante decía furiosa:

"Odio a mis padres, sé que no está bien que lo diga, pero a veces odio la forma en que me tratan. Dicen que todo irá bien si tomo ese tónico, pero creo que traman algo. Ellos no quieren que me case con Evan. Quieren que me quede en casa, en esa jaula de oro. Estoy harta de vivir aquí encerrada, de no tener amigas, de que solo Adele me entienda... ella me dice lo que debo hacer, pero me da miedo a veces. Es muy ruda y extraña y, sin embargo, la echo de menos ahora que peleamos. Me siento tan sola".

Todo había cambiado casi al final del diario.

Sophia estaba nerviosa porque aseguraba que alguien intentaba impedir su boda con Evan. Y porque seguía peleada con su mejor amiga.

Y en su estadía en la mansión Wallace, poco antes de su fiesta de compromiso sintió pisadas, y también que alguien vigilaba sus pasos.

Entonces ocurrió algo inesperado.

Evie se estremeció al leer lo que contaba Sophia.

"Anoche sentí pasos y fui a ver, estoy harta de que estos sirvientes me espíen. No sé por qué rayos lo hacen. No es correcto, pero tengo miedo, esta casa no es lo que pensaba. A veces tengo la sensación de que alguien sigue mis pasos...

Más adelante contaba una experiencia extraña y aterradora.

"Anoche sentí que alguien cantaba detrás de mi puerta, era una voz melodiosa y triste, cantaba una canción vieja en gaélico y me acerqué, pero cuando abrí la puerta no vi a nadie. Tomé mi candelabro porque sentí una presencia maligna y entonces... oh, santo cielos, nadie va a creerme, pero juro que vi al fantasma de la novia allí al final del corredor mirándome con una mirada oscura llena de odio mientras cantaba en voz muy queda. Creo que estuve a punto de enloquecer de miedo. Yo regresé a mi habitación y tiré del cordel mientras lloraba nerviosa. Mi corazón latía sin control. Pero cuando apareció esa criada de ojos saltones y le conté lo que había visto me dijo que no había visto a nadie en el corredor. Venga, me dijo y yo fui y en efecto: estaba vacío."

La joven dejó de leer el diario al oír un sonido en la puerta.

—Señorita Evie.

La voz de la doncella la crispó.

Meg estaba frente a ella y la miraba con curiosidad y de pronto pensó que era de las criadas que llegaba sin hacer ruido.

—¿Qué sucede, Meg?

—La señora condesa me envía esta caja de cartas para que usted ordene. Pero cuando termine debe avisarme que vendré a buscarla. Son órdenes de la condesa.

Evie pensó que al menos tendría trabajo para hacer, llevaba días confinada como si estuviera castigada por algo.

—¿Pero por qué debo estar aquí, Meg? Quisiera salir.

—Son órdenes de la condesa. Lo siento. No puedo decirle más—respondió Meg visiblemente incómoda.

Evie contempló la caja sin demasiado entusiasmo. Quería leer el diario de Sophia y llegar a la verdad de ese endiablado misterio.

Porque a ella también la seguían, la espiaban y ahora sabía que no todo era como le había contado Nelly a su llegada. Lady Catherine sentía mucho disgusto por ese compromiso, quería que su hijo se casara con una rica heredera escocesa de buen linaje y fuerte como un caballo. Todo estaba listo para esa boda, pero Evan se encaprichó de Sophia porque la veía hermosa y dulce.

Pero Sophia decía que había algo perverso en esa casa, un fantasma. el fantasma de la novia Wallace. Ella lo había visto.

Pero había algo más en ese diario. No encontró un relato aceptable ni convincente de lo que debía ser una historia de amor. El amor era solo de parte de Evan, él estaba bobo por esa joven, cautivado y eso la había llenado de celos, pero le había hecho comprender que Sophia era bastante fría o que simplemente no estaba enamorada. Su amor era la mansión Wallace, el linaje Wallace, y que sería la envidia de sus primas casadas y cosas así. Y también su desesperación por escapar de la prisión en que se había convertido su casa por sus padres tan protectores.

Ellos se oponían a la boda, su doctor también. Decían que no tenía salud. Pero ella los había convencido a todos pues los preparativos de la boda iban viento en popa.

Siguió leyendo con interés su diario, no pudo no leer sus últimas líneas. Tenía una forma muy envolvente de escribir. Ahora solo hablaba de su inminente boda pese a la desidia de su futura suegra que parecía empecinada en alargar las cosas hasta el verano pues las bodas de los Wallace siempre se celebraban en verano. Y Sophia quería casarse en primavera y al final tuvo que esperar y aguantarse y por eso estaba furiosa.

Entonces llegó la fiesta de compromiso y Evan le dio su primer beso a escondidas de su madre y ella se sintió tan feliz. Estaba tan hermosa con su vestido color rosa de gaza y satén. Todos la miraban con atención. Y la anécdota del beso fue solo una frase: mi prometido me dio un beso a escondidas. Está loco por mí, muere de amor por mí..."

Y luego de describir la siesta dijo que estaba demasiado cansada para seguir escribiendo. Que al día siguiente escribiría con más detalle su fiesta de compromiso.

Pero no volvió a escribir ni una línea porque había muerto días después. Nadie sabía si de fiebres o por debilidad porque la pobrecita era un ángel, pero no tenía salud.

Y así terminaba su diario.

Era realmente frustrante. No había encontrado nada interesante.

Cerró el diario y lo guardó pues tenía trabajo que hacer.

Apartó esos pensamientos sintiéndose algo frustrada pues pensó que nunca sabría la verdad. Pero ahora sabía que Evan había estado muy enamorado de Sophia, desde que la vio en esa fiesta y eso le dolía, como le dolía pensar que su madre esperaba que se casara con Agnes MacInner mientras que ella solo podría conformarse con ser su amante. Y eso no lo quería por supuesto.

Bonita faena le había enviado su señoría, eran tantas cartas que tardaría bastante en anudarlas por remitente.

Se preguntó si no haría eso para mantenerla encerrada y por qué quería que se quedara en su habitación.

Mientras ordenaba las cartas sintió pasos y tembló.

Otra vez la sensación de que la vigilaban.

Como a Sophia. Sophia también sentía pasos y creía, pensaba que esa mansión estaba encantada y repleta de fantasmas. Pero en realidad eran criados que espiaban a sus huéspedes por órdenes de la condesa. Como la espiaban a ella...

Furiosa fue hasta la puerta y la abrió para descubrir a Evan Wallace mirándola con fijeza.

—Lo siento señorita, no quise asustarla—dijo.

—¿Usted ha estado siguiéndome?

Él no pareció sorprendido ni molesto.

—Solo quería verla, señorita. Esperaba que saliera de su habitación.

—Fue su madre quien me exigió que permaneciera en mi habitación, señor Wallace.

—Lo siento, no lo sabía, me dijeron que se sentía indispuesta.

—Estoy bien...

Él la miró con intensidad.

—Aguarde, por favor, no se vaya. Necesito hablar con usted ahora. Es urgente. Podría venir a mi habitación.

—¿A su habitación?

—Es que debo decirle algo muy importante y no quiero que nadie escuche... no tema. Solo será un momento.

—No es correcto que vaya a su habitación.

—Pero no le haré nada, solo hablaremos con más calma.

Evie aceptó ir y llevó su candelabro y su abrigo pues hacía frío.

Pensó que era arriesgado lo que estaba haciendo, pero se sintió tan feliz de verle allí y de saber además que era que la espiaba...

Caminaron por el corredor y luego doblaron la esquina. Todo estaba en silencio y en penumbra. Desierto.

Cuando abrió su habitación vio que era un lugar inmenso, lujoso y que tenía una inmensa cama con dosel. La visión de la cama resultaba incómoda y turbadora.

—Venga, no tema. Solo será un momento. Lo prometo.

Ella entró y el cerró la puerta con los cerrojos.

Evie se sonrojó al sentir su mirada.

—Señor Wallace, esto no es correcto, abra esa puerta por favor. Si solo hablaremos un momento no entiendo por qué me ha encerrado.

—No la he encerrado. Es solo para que no entre ningún criado. ¿Cómo ha estado?

—Bien... encerrada en realidad. Como si hubiera hecho algo malo.

Él se mostró sorprendido.

—Entonces ya pensó en mi proposición?

Ella se apartó temblando.

—Señor Wallace, por favor, no soy tonta, sabe además que debe casarse con una dama escocesa, con la señorita Agnes. Lady Catherine me lo dijo, no lo niegue por favor.

Él se puso serio cuando le dijo eso.

—No es verdad. No me casaré con esa joven jamás. Solo con usted.

—Sabe que no podrá hacerlo, por más que lo desee. Usted es un conde y yo solo soy una dama de compañía. Por favor, deje de engañarme. Sé lo que planea para mí y con el tiempo me obligará a aceptarlo.

—¿A qué se refiere?

—Usted lo sabe, deje de fingir... señor Wallace, alguien tomó mi diario y luego lo devolvió. También han estado espiándome y ahora estoy encerrada en mi habitación por orden de su madre. Sospecho que ella sabe de su proposición y se opone firmemente.

—No me importa eso.

—Pero debería. Ella es su madre, señor Wallace—Evie suspiró y agregó: —Y usted me pidió matrimonio, pero sabe que no podrá cumplir su palabra.

—Claro que cumpliré mi palabra, solo debe decirme que sí, pero no tema, yo he estado espiándola, siguiéndola a veces solo para verla. Nadie aquí quiere hacerle daño y mi madre no podrá separarnos. A menos que usted así lo decida.

—Eso no es tan sencillo y lo sabe.

—¿Entonces ya tiene una respuesta para mí? —insistió él.

—Se refiere a una boda que lo condenaría para siempre entre sus amigos y parientes?

—Señorita, esto no es Inglaterra, aquí nadie se entromete en la vida de los demás. Soy el heredero de esta propiedad y si soy obligado a casarme espero al menos poder elegir la esposa que más desee, a la joven apropiada para ser mi esposa y esa joven es usted lady Trenton. Usted nunca logró engañarme con ese disfraz de niña huérfana.

Ella lo miró atónita.

—Sabe mi nombre... pero ¿cómo? ¿Entonces fue usted tomó mi diario y lo leyó?

—No es lo que cree, yo no tomé su diario, lo vi en la habitación de mi madre y pensé que usted lo había dejado allí por descuido.

—Pues no debió leerlo señor, Wallace. Eso no estuvo correcto.

—Quería saber más cosas de usted, me interesa todo lo de usted señorita y ahora conozco sus secretos. Es una dama inglesa que casi fue forzada a una boda que no deseaba y por eso escapó y vino aquí. Lo suficientemente lejos para que ese caballero no la encontrara.

—Ese hombre me arrebató todo señor Wallace, me quitó lo poco que me quedaba, pero no me quitaría mi libertad. Por eso escapé.

—Pero no está a salvo señorita, ese hombre debe estar buscándola todavía. Y usted llama demasiado la atención.

Evie comprendió que tenía razón.

—No debió leer mi diario, pero supongo que sí, que tiene razón. Sé que debe estar buscándome.

—Pues yo voy a ayudarla.

—¿Y cómo hará eso? ¿Me esconderá aquí?

—Haré algo mejor preciosa. Usted vendrá conmigo a Gretna Green.

—¿A Gretna Green? ¿Por qué?

—Solo haga lo que le digo y se verá libre de ese hombre para siempre.

—¿Pero por qué en esa ciudad? Está demasiado cerca de Inglaterra.

—Pronto lo sabrá.

Evie se quedó pensando en su ofrecimiento.

—¿Entonces usted cree que si viajamos a esa ciudad usted me pondrá a salvo?

—Así es—él sonrió con cierta malicia sin dejar de mirarla con creciente deseo.

Evie se quedó pensando en lo que había pasado. Entonces alguien tomó su diario y lo leyó y no había sido solo Evan...

—Pero su madre tenía mi diario señor Wallace, si estaba en su habitación sospecho que alguien lo tomó pues yo jamás lo habría llevado a su cuarto.

—Eso es lo que temo, señorita. Mi madre trama algo, la conozco. Está muy molesta por el interés que tengo en usted y sé qué hará todo por separarnos. Ya lo hizo antes, con Sophia.

—¿Con su prometida?

Evan asintió.

—Ella quiso hacerme creer que mi novia estaba loca, señorita, inventó que padecía una tara hereditaria, pero yo sabía que lo había inventado todo para separarnos y luego ocurrió la tragedia... en realidad la pobrecita tenía el corazón débil y dijeron que no viviría hasta los veinte años, pero aun así permitieron la boda pues era su ilusión. Ella solo quería cumplir su sueño... por eso temo que mi madre haga algo ahora.

—¿Entonces cree que pudo ser capaz de leer todo el diario y planee avisarle a sir Arthur?

—Bueno, ella sabe que le he pedido matrimonio y aunque sabe que es una dama inglesa no está muy convencida. Piensa que debo casarme con la señorita Agnes porque es mi deber, pero no pienso seguir sus consejos. Desde que la vi que quiero que sea mía preciosa, mi esposa. Y le confieso que hubo una discusión con mi madre y temo que ella intente buscar a ese hombre para impedir nuestra boda. Él es su tutor y su prometido.

Evie sintió que enrojecía de rabia al recordar a ese hombre y se sentó en una poltrona como le indicaba Evan.

—Pues sí, es mi tutor, pero siento mucha rabia al recordar la forma en que ese hombre me quitó todo. Yo era una rica heredera, mi padre era muy rico señor Wallace y al morir él lo perdí todo y solo recibí un legado de quinientas libras anuales y un cottage, un solo cottage pero Mary hall, mi hogar ancestral pasó a manos de ese ser despiadado y horriblemente ambicioso llamado sir Arthur Cornwell—tragó saliva y sus ojos se humedecieron al recordar el pasado, no pudo evitarlo—él era amigo de mi padre y durante años frecuentó la casa y él le tuvo mucha estima. Hasta se fue de viaje con él al continente. Pero hicieron un negocio invirtieron dinero en unas minas de Australia, algo relacionado con los ópalos, y luego ese negocio quebró. Y por eso mi padre lo perdió todo. O eso me dijeron los abogados de ese caballero. Pero él se acercó a mí diciendo que todo estaría bien, que cuidaría de mí. Y que mi padre lo había nombrado mi tutor. Al principio confié en él, lo conocía y mi padre apreciaba mucho su compañía, pero luego comprendí que solo quería aprovecharse de mi triste situación. Quiso besarme, me declaró su amor y dijo que nada me faltaría si me convertía en su esposa. Confieso que cuando me besó sentí tanta rabia y repugnancia... era como un buitre. Luego de quitarme todo ... porque mi padre era un hombre muy rico señor Wallace, su negocios eran prósperos. Tenía una fábrica en Londres, varias tiendas y ese negocio de los ópalos que nunca entendí bien, pero... sospecho que ese hombre me estafó. Pero mis abogados no se atrevieron a enfrentarle. Cuando fui a Londres con mi criada para pedirles ayuda ellos me enseñaron el testamento de mi padre. Yo era su heredera sí, pero todos los bienes habían sido confiscados por sus deudas. Un mal negocio lo había arruinado pues invirtió mucho dinero en el exterior y luego tuvo que cerrar la fábrica porque debía dinero a los tenderos... todo había ido de mal en peor y yo lo ignoraba. Vivía como una joven rica y adinerada sin embargo no tuve fiesta de presentación en sociedad y creo que ese cambio de fortuna me fue ocultado deliberadamente. Sin embargo, había propiedades. Pero como sir Arthur fue nombrado mi tutor él administró todo y dicen que pagó todas las deudas. Yo creo que ese hombre me estafó me robó mi herencia, pero nadie se atrevió a iniciar un litigio pues es un hombre muy rico y malvado. Y creo que me pidió matrimonio para cubrir su estafa, para que yo no sospechara nada. Quiso hacerme creer que era mi benefactor. Ese hombre me quitó todo señor Wallace y como lo rechacé cuando me pidió que fuera su esposa quiso obligarme, dijo que si no firmaba una carta me echaría a la calle con mi madre. Ella no pensaba como yo, estaba enferma entonces pero no lo dijo, la muerte de mi padre la dejó devastada, fue el amor de su vida por el que perdió todo tamb1én y me rogó que me casara con sir Arthur pues no quería que quedara pobre y desamparada y yo acepté... lo hice obligada. Prometí que sería su esposa, pero odiaba a ese hombre. A ese malvado estafador y ladrón. Y pensé que prefería mendigar en las calles de Londres a convertirme en su esposa. Yo era joven entonces, solo tenía dieciséis años y él dijo que sería suya cuando cumpliera los diecinueve. Mientras tanto podría gozar de todas las comodidades como su prometida en la mansión ancestral de los Trenton. Mi hogar. Pero ahora todo era suyo. Lo acepté sí, pero por dentro ardía y solo pensaba en escapar. Y luego de perder a mi madre ella murió al año siguiente, le escribí a mi tía escocesa. Le pedí ayuda. Ella me envió la dirección y dijo que me buscaría una colocación. Todo lo hice en secreto, con la ayuda de mis leales criados. Ellos me ayudaron a escapar de Mary Hall y como solo tenía las joyas que mi madre había dejado como herencia logré venderlas y con eso pude pagar los pasajes. Pero él no sabía dónde encontrarme, no sabía que mi madre era escocesa al parecer.

—Qué hombre tan pérfido, pero imagino que estaba loco por usted. Es tan hermosa...

Evie se sonrojó.

—Pues yo le odio porque estoy segura que hizo algo sucio para estafar a mi padre en vida y llevarle a la ruina pues ahora todo lo que debía ser mío, hasta mi dote, todo se lo quedó él y le aseguro que un día exigiré que me devuelva todo. Pero ahora soy soltera y no puedo. Me dejó sin nada y eso fue un robo descarado, pero como es muy rico y tiene amistades importantes nadie se anima a enfrentarle.

—Señorita, comprendo su rabia e indignación, pero usted firmó un documento y si ese hombre la encuentra aquí la obligará a convertirse en su esposa. Y mi madre quiere impedir nuestra boda porque ella ya lo sabe, y sospecho que hará que ese hombre venga desde Inglaterra a buscarla.

Evie tembló de pies a cabeza y comprendió que Evan tenía razón, ella jamás pensó que lady Catherine estuviera planeando eso.

—OH Dios mío, su madre realmente me odia ahora. Si hizo eso luego de leer mi diario, es que no tiene compasión.

—Quizás me equivoque, mi madre no es malvada señorita, pero cree que he tardado demasiado en buscar esposa y está desesperada. Impaciente. Y jamás pensó que querría casarme con su dama de compañía. A ella le disgustó un poco que le enviaran a una joven tan guapa pero como tenía unos modales tan encantadores y era tan suave y educada ella quedó encantada. Pero no tema señorita, está a salvo conmigo. Mañana partiremos a primera hora y le aseguro que no permitiré que ese desalmado y lascivo sir inglés se acerque a usted. Pero antes deberá aceptar mi ayuda. Deberá aceptar ser mi esposa.

Entonces la besó y la envolvió entre sus brazos para sellar su promesa. Un beso ardiente que la tomó por sorpresa, pero la dejó atrapada, indefensa en sus brazos. Ella no se resistió, también lo había echado tanto de menos esos días. Pero de pronto pensó que no era correcto y le apartó con suavidad.

—Aguarde, no... esto no es correcto.

No era prudente ni decente entrar en la habitación de un hombre soltero tan guapo como ese.

—No tema preciosa, no le haré daño. Mañana en Gretna Green, la convertiré en mi esposa señorita Trenton y la salvaré de ese malvado y yo tendré una esposa hermosa y dulce. Necesito una esposa y quiero que sea usted, creo que lo quise desde que la vi por primera vez hermosa dama inglesa.

—Pero su madre no lo aprobará, ella nunca aceptará que sea su esposa, ¿es que no lo entiende? Si fue capaz de tomar mi diario y planear esto entonces hará algo peor para deshacerse de mí.

—OH no diga eso, mi madre no podrá hacer nada cuando la convierta en mi esposa, pero usted corre peligro ahora porque ella conoce su secreto. Sabe que es lady Trenton y que estaba comprometida.

Evie no pudo decirle que no, de pronto comprendía que no tenía otra salida y que sir Arthur podía llegar de un momento a otro. Para la condesa era sencillo enviarle un mensaje a Norfolk a sir Arthur o enviar un sirviente enseguida.

—Está bien, iré con usted a Gretna Green mañana. Acepto ser su esposa, pero ahora... ahora debo regresar a mi habitación—dijo alejándose.

Él la miró con tanta intensidad y deseo.

—Aguarde, no se vaya... es peligroso. Temo que he llegado demasiado lejos esta vez señorita. Le he dicho a mi madre que voy a desposarla sin importarme lo que ella piense. Por eso le pedí que viniera a mi habitación, temo que intente encerrarla en su cuarto para que mañana no pueda llevarla a Gretna Green.

Evie vaciló.

—Es que no puedo quedarme aquí, no es correcto. ¿Qué pensarán de mí?

—No tema, puedo dormir en la otra habitación. Venga. Siéntese. Está muy nerviosa. ¿Ha cenado ya?

—Todavía no.

—Pues le pediré una cena.

Ella pensó que luego de comer se iría, no era correcto quedarse en esa habitación, pero... por algo le decía eso. Quizás él sabía algo de la condesa que ella ignoraba. Dijo que podía avisarle a sir Arthur.

Comieron en la habitación contigua y bebieron un vino especiado muy delicioso. Evie pensó que todo era como un sueño, era tan irreal. ¿Entonces realmente se casaría con ella a pesar de que su madre se opusiera? Había pasado días encerrada ignorando que esa pelea entre madre e hijo.

—En qué piensa señorita? —le preguntó de pronto el joven conde.

Evelyn lo miró.

—Pensaba que todo esto es como un sueño para mí, señor Wallace. Un sueño del que temo despertar.

—También lo es para mí.

Ella se sonrojó al sentir su mirada.

—Pero acaso está seguro de que sea la decisión acertada?

—Claro que lo es. Solo necesitaba que me diera su respuesta y usted ha dicho que sí, señorita Stuart.

Ella lo miró.

—Temo que eso no pueda ser, me da mucho miedo señor Wallace. No quisiera causar enemistad en su familia por mi causa.

—Señorita, soy un hombre, y no permito que ninguna mujer me gobierne. Ni siquiera mi madre. Lo siento por ella, pero supongo que deberá aceptarlo.

Se hizo un silencio y de repente ella le preguntó por qué de tantas jóvenes hermosas... pensaba en Agnes, tan bella y gentil, era una criatura hermosa y además tenía sangre escocesa y era la favorita de lady Wallace.

—¿Señorita, cree que solo me importa la belleza en una dama? Cree que ya no intentaron atraparme con trampas y juegos de seducción. Conozco bien a las niñas casaderas de este condado. Llevo años escapando de todas ellas. Bueno, al menos hasta que la conocí a usted.

Evelyn lo miró.

—Pero no soy hermosa ni tampoco tengo una dote porque me la robaron señor Wallace.

Se sintió insegura al respecto, no entendía por qué él la buscaba, por qué no dejaba de hacerlo y la miraba así.

—No me importa su dote, ni que fuera una dama de compañía señorita. La quiero a usted, la quiero por entero, quiero su belleza y dulzura y quiero ser el dueño de sus pensamientos.

—Ya lo es señor Wallace.

Había bebido demasiado vino, de lo contrario no habría sido tan osada. Era tan dulce y delicioso y fresco que se dejó llevar.

—Pero todavía no es mía, hermosa dama inglesa.

La forma en que la miró la hizo temblar y de pronto, extendió sus brazos y la abrazó y la besó y luego ya no pudo pensar. Sintió que le fuego la consumía lentamente mientras él seguía besándola una y otra vez con un beso dulce y ardiente.

No era ella, parecía otra persona, pero de repente pensó que un fuego extraño la envolvía, sus besos y caricias y su cuerpo cayendo en esa cama inmensa.

Y de pronto sintió el sonido de su vestido cayendo al piso y no le importó. Aunque luego se sonrojó al ver que se quedaba en enaguas, cubierta apenas con una camisa blanca y un corsé ajustado.

Ella se ruborizó al verse medio desnuda en esa cama, por más que él prometiera que al día siguiente se casarían no era correcto y lo sabía. Pero él estaba sobre ella y la volvía loca con ese abrazo apretado y desesperado.

—Déjeme por favor, esto no es correcto—dijo ruborizada pero excitada por sus caricias tan suaves y delicadas y esos besos que la empujaban lentamente al abismo.

Entonces él se detuvo y la miró con una sonrisa.

—Eres tan hermosa, y tan mujer preciosa dama inglesa, y me muero por hacerte mía esta noche. Ahora.

Pero no estaba lista, tuvo miedo, sabía que luego él podía no cumplir su promesa y obligarla a convertirse en su amante.

Y de pronto sintió que el fuego del deseo la envolvía, el deseo y el sentir que ya no era una jovencita tímida que pensaba que jamás querría casarse y soportar que un hombre le hiciera esas cosas.

—No temas preciosa, mañana te convertiré en mi esposa, lo prometo...

Ella tembló al comprender lo que estaba pasando y de pronto lloró, no pudo evitarlo.

—Déjeme por favor, déjeme, no seré suya hasta que sea legalmente su esposa. Hasta que ponga un anillo en mi dedo. Sus promesas de matrimonio no son más que palabras ahora, promesas que lleva el viento.

Estaba medio desnuda entre sus brazos y él también, sentía sus pechos apretados en ese abrazo y su corazón latir furioso al igual que su miembro erguido y listo para hacerla suya. Pero no, no cedería porque si algo pasaba mañana, si su madre le prohibía ir a Gretna Green.

—Preciosa, por favor, claro que te haré mi esposa mañana, lo prometo. ¿Crees que podría ser tan ruin que tomar a una dama virgen y luego no cumplir con mi deber?

—No lo sé, su madre me ha encerrado y las criadas me odian por despertar su interés. No me tendrá hasta que me convierta en su esposa, señor Wallace.

Él sonrió, pero su sonrisa era extraña y desafiante.

—Pero usted me desea, está húmeda y lista para convertirse en mi mujer. Usted podría ser mi esposa ahora si quisiera pues es mi tierra cuando un hombre toma a una dama virgen la convierte en suya para siempre. Si me acepta juro que nunca más podrá apartarme de su lado preciosa.

Ella tembló al oír sus palabras que le dijo al oído en un murmullo mientras acariciaba sus pechos lentamente y los besaba y succionaba de sus pezones hasta endurecerles y sus manos rodeaban su cintura y su miembro acariciaba su monte con mucha suavidad, haciendo sentir su dureza y poder. Hundiéndola mucho más y abriéndola como si fuera una flor de primavera.

Sus manos acariciaron los pétalos de su flor pequeña estrecha y de pronto él le rogó que cerrara los ojos y se rindiera a él.

Evie obedeció y de pronto sintió que la abrazaba con tanta fuerza y su boca buscaba la suya, la suya para devorarla por completo y para ahogar sus gemidos mientras sujetaba sus caderas y las abría despacio.

Ella se excitó con su gesto, con la forma en que la abrazó y apretó y de pronto comprendió que era inútil seguir resistiéndose, ya no podía evitarlo, no podía resistirlo. Todo su cuerpo parecía clamar por ese momento y gritó cuando de pronto sintió que hundía su miembro erecto hasta lo más profundo de su vientre y gimió y se quejó mientras él atrapaba su boca y caía sobre ella apretándola, abrazándola hasta hacerla sentir que eran un solo ser. Que nada podía separarlos y que lo deseaba y estaba más que lista para ser su mujer esa noche de luna llena y entregarle su virtud, su inocencia y todo su ser... mientras lloraba de la emoción y el dolor sintiendo una emoción rara y salvaje de un dolor que le gustaba sentir, pues era el dolor de convertirse en mujer, el dolor de sentirse suya y de saber que eso le provocaba a él un placer igualmente intenso y salvaje. Un placer que no terminó cuando la inundó con su semilla. No estaba satisfecho, pero sí estaba feliz y no dejaba de decirle lo hermosa que era.

Pero Evie lloró pensando que acababa de cometer una locura, que eso no debía pasar ahora, que debió pasar después...

—Ten calma preciosa, ya eres mía, eres mi mujer y nunca más me apartaré de ti. Ven aquí. Todavía no estoy satisfecho, quiero hacerte mía toda la noche y el resto de mi vida, hermosa. Eres la mujer más dulce y hermosa que he conocido—dijo y secó sus lágrimas, pero ella volvió a llorar sin entender por qué fue tan débil ni por qué encontraba tan placentero ese encuentro si temía tanto el mañana. Pero no podía rechazarle, necesitaba que la besara, que la llenara de besos y la acariciara y que la abrazara de nuevo y se estremeció cuando su miembro volvió a erguirse y a llenarla por completo. Aunque fuera un poco doloroso e incómodo tener en su cuerpo algo tan vigoroso le gustaba. No pensó en nada entonces, se dejó llevar como si estuviera en un barco a la deriva arrastrada por las aguas turbulentas sin rumbo, pero sintiéndose tan bien, tan feliz.

No supo cuántas veces fue suya esa noche, pero sintió que fue toda la noche y luego se durmió en sus brazos tan profundo que nada podría despertarla. Sentía su respiración, su corazón latiendo junto al suyo y entonces comprendió por qué lo había hecho. Por la misma razón que su madre abandonó a su prometido escocés y se fugó con su amor inglés y por la misma razón que las campesinas se perdían en los campos y luego debían casarse porque terminaban con un bebé en la barriga. estaba loca por él, estaba enamorada o acababa de descubrir que lo estaba y por eso él venció todas sus barreras y la había hecho suya en esa cama. Porque lo amaba.

PENSÓ QUE TODO HABÍA sido un sueño hasta que vio a Evan parado frente al espejo con el cabello húmedo vistiéndose con prisa.

Había pasado y ella no podía moverse. Se sentía horriblemente mal, cansada y rara. Además, vio que había manchado la cama con sangre y le dolía. Jamás pensó que le dolería tanto la primera vez, pero lo más extraño fue que soportara ese dolor, aunque sucediera una y otra vez.

Estaba desnuda en la cama y él le sonrió. Su cabello castaño cubría parte de sus pechos redondos y llenos y estaba completamente desnuda y de pronto lloró. ¿Qué había hecho? Ahora él se iría y le diría que todo había sido muy placentero, pero no podía casarse con ella.

Lloró y pensó que no podría vivir si le decía eso, que no querría vivir si no tenía la boda que había prometido él la noche anterior.

—Preciosa, ¿qué tienes, por qué lloras? Lo siento... escucha. Debes levantarte. Y no debes llorar. Tenemos que llegar a tiempo para tomar el tren y antes debes asearte y elegir qué vestido usarás.

Pero ella no podía moverse, estaba tan aturdida, se sentía tan rara y triste que no podía ni pensar con claridad. Tuvo que él abrazarla y besarla y decirle varias veces que cumpliría su promesa.

—No temas preciosa, no llores, debes calmarte. Ven, os ayudaré.

Y tuvo que ayudarla a salir de la cama pues se sentía débil y mareada. Cansada. Y aturdida. Él tuvo que ayudarla a sumergirse en la tina y lavó su cabello y la ayudó a asearse.

La visión de su cuerpo desnudo despertó su deseo y no pudo evitar abrazarla y besarla y acariciarla mientras la bañaba.

—Ahora eres mía preciosa, mi mujer.

Y cuando la ayudó a salir la envolvió con la manta, pero la besó y le dijo que se moría por hacerla suya de nuevo.

Pero un sonido en la puerta desbarató sus planes.

—Señor Wallace, el carruaje está pronto —le avisó el mayordomo.

Él sonrió y dijo que iría en un momento mientras la miraba como si nunca hubiera visto una mujer tan hermosa y fresca y perfumada comenzó a besarla, a acariciarla y la tendió en la cama para hacerla suya despacio.

—Solo una vez, por favor, antes de casarnos—le dijo.

Ella tembló de la excitación cuando sus labios ardientes tomaron sus labios y liberó su miembro para atravesarla con él y su vientre lo engulló y apretó porque seguía siendo muy apretada y ya no era doloroso, ya no le dolía y pudo relajarse y dejarse poseer hasta que de pronto él quitó su miembro y le dijo que pronto iba a satisfacerla mucho más.

Algo húmedo se detuvo para llenarla de caricias, algo húmedo que la atrapó y comprendió que nunca olvidaría esa sensación.

La noche anterior también le había hecho esas caricias, pero ella lo apartó avergonzada hasta que cedió y lo dejó y ahora sabía que a él le gustaban esas caricias. Sentir su sabor de mujer, así le llamó y estuvo allí un buen rato hasta saciarse mientras le provocaba un placer tan estremecedor que la hizo gritar y retorcerse mientras él la jalaba y volvía a penetrarla para provocarle un placer mucho más profundo y duradero mientras la rozaba con más dureza que antes.

No sabía qué era, no sabía qué le pasaba, pero su miembro allí también le arrancaba espasmos de placer antes de llenarla con su simiente.

Anoche había sido distinto, había sido la dorada copula, la unión en un solo ser, pero ahora era eso y mucho más. Era arrollador.

Pero cuando todo terminó ella se sintió extraña, confundida y algo avergonzada por las sensaciones nuevas que había experimentado.

—Preciosa, os enseñaré a gritar mucho más fuerte que hoy, quiero que seáis mi esposa y mi amante más ardiente, siempre... tú estáis hecha de fuego hermosa. Sois pura y sois mujer, sois perfecta y dulce, tan dulce... la más hermosa virgen que he tenido en mi cama jamás.

Ella lo miró confundida cuando dijo eso.

—Pensé que si un hombre tomaba una virgen debía casarse con ella y tú... acaso has tenido otras vírgenes en tu cama?

Él sonrió.

—Por supuesto preciosa, pero no tenía que casarme con ellas, solo les hacía un regalo costoso por haberme dado lo más puro de una dama.

—¿Y haréis lo mismo conmigo? —su voz se quebró.

Él acarició sus labios y luego la besó y abrazó desnuda. Pues todavía no había podido vestirse.

—Hice una promesa y la cumpliré, os convertiré en mi esposa y aprenderéis a complacerme y a ser una dama ardiente sin negarte jamás a mí para que nunca tenga necesidad de buscar consuelo en otra mujer. Y me obedeceréis en todo, hermosa, porque este día os convertiréis en mi esposa y en mi propiedad.

Esas palabras se oyeron extrañas y duras.

—Eso significa que no iréis a ningún lado sin mi permiso y me obedeceréis en todo como una buena esposa escocesa. Y yo necesito una esposa y nada os faltará, pero tendréis que seguir mis órdenes y consejos.

—¿Y por qué me decís cosas tan duras Evan Wallace? Sé muy bien cómo debe comportarse una esposa, solo espero que me tratéis con afecto y amabilidad como siempre lo habéis hecho pues tampoco estoy dispuesta a tolerar un marido bandido ni mujeriego.

Él se rio de sus palabras, pero ella no dijo nada. Todavía no. Primero debía lograr que le pusiera un anillo en su dedo o estaría perdida para siempre. ¿Pues qué hombre se casaría con ella ahora que acababa de perder su virtud?

FUE UNA LARGA TRAVESÍA, duró horas y no sabía que viajarían tan temprano. Apenas pudo merendar algo antes de salir y había escogido su vestido más lujoso, el mejor que encontró y entonces se preguntó cómo la recibirían en la mansión cuando regresara como la esposa de Evan.

Él conversaba con uno de sus criados de confianza y ella contempló el paisaje circundante, cómo todo iba volviéndose más verde y transitado cuando de pronto sintió la mirada de Evan sonriendo como si le recordara la noche de pasión y lo que había ocurrido hacía poco tiempo. Ella se sonrojó intensamente y apartó la mirada.

Todavía temía que se arrepintiera y no se casara con ella. A pesar de que conversaron y él le mostró los pueblos que dejaban atrás, Evie estaba asustada por lo que acababa de hacer y por las exigencias de su futuro esposo en la que le exigía absoluta obediencia y una sumisión total. Significaba que sin su autorización no podría ir a ningún lado. Y no es que estuviera pensando en viajar, pero de pronto pensó que conocía poco al hombre que pronto se convertiría en su marido.

¿Y si luego la engañaba o no la trababa como un caballero?

Pasara lo que pasara no podía hacer nada.

La sombra de sir Arthur era aún mucho más atemorizante.

Al menos ella estaba loca por ese escocés mientras que sir Arthur había sido un personaje nefasto en su vida.

Llegaron casi al mediodía y fueron directamente a la oficina donde había otras parejas esperando. Allí uno de los criados habló con uno de los encargados del lugar y la boda se celebró con prisas, poco después.

Parecía una boda al instante, sin demasiados problemas.

Pero al parecer Evan la había solicitado días atrás, había reservado un turno para ese día. ¿Cómo es que estaba seguro de que ella acudiría? No lo sabía, pero tenían prisa. Ella tenía prisa y no estuvo tranquila hasta que fueron hasta una capilla pequeña y un prelado alto y muy delgado con aspecto taciturno les dio un pequeño sermón sobre el matrimonio en una iglesia pequeña y casi vacía. traje negro portando un gran libro los declaró marido y mujer y Evan le puso un costoso anillo en su dedo anular. Ahora estaban legalmente casados, ella con su verdadero nombre lady Evelyn Trenton- Rosen y ahora sería Lady Evelyn Wallace.

De pronto se emocionó cuando él la envolvió entre sus brazos y la besó, fue un beso demasiado osado para la iglesia, pero despertó cada sentido de su ser.

—Ahora eres mía, lady Evelyn—le dijo al oído.

Ella sonrió y se emocionó aliviada de que hubiera cumplido su palabra.

Era su esposa, finalmente lo era y estaba a salvo de sir Arthur.

Cuando abandonaron la capilla poco después notó que el cielo estaba radiante y hermoso con un brillo especial y las nubes parecían haberse evaporado. Aunque hacía mucho frío y tiritó. Pero él la envolvió entre sus brazos y caminaron abrazados.

NO HUBO UNA FIESTA de bodas, solo se detuvieron a almorzar en un restaurant cercano muy pintoresco junto a los criados de confianza de Evan y ellos charlaron entre sí muy animados, pero Evie pensó que era insólito que un caballero invitara a un criado a comer, pero en verdad ellos habían sido los únicos invitados y testigos de su enlace.

Luego fueron a un hotel a descansar y a asearse, pero en realidad descansar fue lo de menos.

Pasaron el día entero encerrados haciendo el amor y estaban cansados y felices que decidieron quedarse unos días más.

Siempre recordaría esos días en el hotel, luciendo sus vestidos más bonitos, charlando paseando a veces para luego encerrarse el resto del día a hacer el amor. Su esposo era un hombre ardiente, insaciable casi y siempre estaba listo para hacerlo y hasta último momento estuvo desnuda entre sus brazos, siendo suya por completo.

Al punto que cuando tomaron el tren de regreso a la mansión acababan de hacer el amor a media mañana y ella quedó tan cansada que se durmió entre sus brazos. Amaba a ese hombre, lo adoraba, era su hombre, su marido y ella su mujer, pero de pronto pensó con preocupación que lady Catherine había querido encerrarla y alejarla de su hijo y pondría el grito en el cielo cuando los viera llegar a la mansión cansados sin haber tenido su consentimiento. Pero estaban legalmente casados pues en Escocia, y en esa ciudad, Gretna Green podían casarse rápido y sin autorización de sus padres o tutores.

Ella trató de no pensar en eso y se durmió poco después.

Llegaron a la mansión de los condes de Wallace poco antes del final del día, cuando los últimos rayos de sol descendían por las montañas y lo oscurecían todo. Hacía mucho frío y tiritó, pero tenía otra razón para temblar: la mansión y lady Wallace aguardaban.

Habían pasado unos días increíbles en Gretna Green como recién casados y a su regreso él le había obsequiado vestidos nuevos que compraron en Edimburgo y por supuesto llevaba el anillo ancestral de los Wallace, el de las novias de la familia. Pero estaba segura que lady Catherine se pondría furiosa. Casi podía imaginarlo. Sentirlo.

Evan fue el primero en anunciar que acababa de casarse con lady Evelyn Trenton y todos la miraron atónitos, pero no tardaron en rendirle reverencia y felicitarles.

—Dónde está mi madre? —preguntó luego Evan inquieto.

—OH señor Wallace, temo que se ha retirado a descansar temprano pues tenía jaquecas—le respondió el fiel mayordomo.

—Pues avisadle que estoy aquí con mi esposa y preparad de inmediato nuestras habitaciones nupciales.

—Sí, señor, por supuesto.

Evie estaba cansa y hambrienta y nerviosa al pensar cómo la recibiría lady Catherine. Y su marido al verla tan cansada la acompañó hasta sus aposentos nupciales para ayudarla a asearse y cambiarse antes de la cena.

—No temas preciosa, todo saldrá bien, mi madre estará feliz de que al fin trajera una esposa a esta casa.

—Me odiará—dijo ella.

—Oh, claro que no. No podrá hacer nada, fue mi decisión, además tú no eras una pobre huérfana, eras lady Trenton y eso ya lo sabe.

—Entonces leyó todo mi diario?

—Supongo que sí, por algo lo tenía en su poder.

—¿Eso no estuvo bien, por qué lo hizo?

—Porque sabía que estaba interesado en ti y eso la ponía furiosa. Trató de buscar algo comprometedor, algo para perjudicarte, pero en ese diario no hay nada de malo. Eres tan adorable cielo, las historias de tu diario son tan bellas y puras. Aunque ciertamente he llegado a odiar a ese sujeto que pretendió forzarte a una boda aprovechándose de que tu padre te había dejado deudas.

Él lo sabía todo, lo había leído en su diario. Ya no había secretos entre ambos. Y la razón por la que su marido decía odiar a sir Arthur era clara, él la había amenazado con dejarla en la calle a ella y a su madre si no se convertía en su esposa cuando cumpliera los diecinueve. Así que prometió que lo haría, aunque la idea le provocara una rabia y repugnancia. Tuvo que aceptarlo. Pero su madre murió al año siguiente, su corazón estaba débil y una mañana dejó de latir.

Por el duelo sir Arthur la dejó en paz, no era decente que pretendiera que cumpliera su promesa, aunque acabara de cumplir diecinueve años. Un año más podría estar a salvo viviendo en el que siempre había sido su hogar pero que él administraba porque todo era suyo ahora. Se lo había comprado a su padre por una suma ridícula porque la quería a ella. Desde hacía años ese hombre estaba tras sus pasos. Era un solterón muy rico de mirada azul fría y amante de la caza. No le gustaba, era pálido y bastante insípido y muy delgado. Y cuando supo los secretos de la concepción por conversaciones de las criadas sintió mucho asco al pensar que ella tendría que hacer eso con sir Arthur en un futuro no muy lejano.

Ahora el recuerdo de ese hombre encerrado en su diario como un triste recuerdo del pasado la perturbó. Pero ya no podría hacerle daño, ya no podría reclamar su promesa pues tenía un marido escocés al que amaba y adoraba. Con él disfrutaba de la intimidad dejándose llevar por la pasión.

—Qué sucede preciosa? —le dijo él mientras la ayudaba a vestirse para la cena. Al parecer había notado que se ponía tensa.

—Solo tristes recuerdos del pasado—respondió.

—Pues olvida el pasado, ahora comienza una nueva vida para ti en esta casa como mi esposa. Mía, solo mía y nada debe atormentarte.

—Pero vuestra madre no vino siquiera a saludarnos ni a felicitarnos.

Era imposible negar ese desplante o minimizarlo.

—No te preocupes, ya se le pasará, quizás se enfadó, pero deberá aceptarlo porque tú eres legalmente mi esposa. Y contra eso ni ella ni nadie podrá hacer nada.

—Pero ella ya te había escogido esposa.

—Como si yo le hubiera hecho caso en eso. Preciosa, soy un hombre y ya me harté de que me busquen esposa. Lleva años con la misma misión. Hasta que llegaste tú y debo reconocerlo: ella os trajo a mí porque quería tener una dama de compañía que la ayudara con la correspondencia.

—Es verdad.

—Así que deberá aceptarlo. Pero nada debe preocuparte.

Cenaron en silencio, solos en sus aposentos. Pues los aposentos nupciales ocupaban la mitad de la segunda planta de la mansión, allí los recién casados lo tenían todo: cocina, comedor dos salas de vestir y una gran habitación nupcial con una cama que era magnífica.

Y cuando se tendió en esa cama pensó que era la cama más hermosa que había visto en su vida, la más cómoda y suave, pero su esposo solo la vio a ella y se acercó para quitarle el vestido y llenarla de besos y caricias.

—ES la tradición preciosa—le dijo al oído—los recién casados deben dormir su primera noche en esta cama para garantizar una unión feliz y fructífera.

Entonces ella recordó su primera noche de amor junto a Evan en su habitación, qué distinto había sido y se estremeció al recordarla. Pero ya no estaba asustada y al comienzo siempre era tímida, luego le seguía en todos sus juegos.

AL DÍA SIGUIENTE DESPERTÓ sintiendo gritos a la distancia.

—¿Acaso te has vuelto loco Evan Wallace? Os casasteis con esa joven cuando os prohibí que lo hicierais. ¿Es que queréis llevarme a la tumba? Pues luego no llores cuando me veáis en un féretro rodeada de un fúnebre crespón—bramó lady Catherine dramática, roja de ira.

Su hijo no le hizo mucho caso. Casi se reía de su madre por su exageración al decir que esa boda la llevaría a la tumba.

—Pero os traje una esposa noble, guapa y muy sana. ¿No era lo que querías?

Evie comprendió que su marido estaba peleando con lady Catherine que estaba mala como una serpiente enroscada que solo pensaba en atacar.

—OH vaya, qué cínico. Os dije una dama escocesa.

—Bueno, decidí que sería una dama inglesa, lady Trenton.

—Pero ella os mintió, estaba comprometida a otro hombre. Yo os advertí por eso huyó de su país y vino aquí. ¿Qué te hace pensar que no hará lo mismo contigo, cuando se canse de ti?

—Eso nunca pasará. Pero os ruego que habléis con más respeto de mi esposa, madre, aunque os pese Evelyn es mi mujer. Además, ella no mintió, era su secreto. Escapó de un malvado porque le repugnaba pensar en convertirse en su esposa.

—Pero lo abandonó cuando prometió que sería suya. ¿Qué te hace pensar que no hará lo mismo contigo cuando se aburra o sienta que la vida en esta tierra es dura y hostil? ¿Creéis que soportará un invierno tan frío o tu mal genio o vuestras picardías con otras mujeres?

—Madre, eso no pasará. Hice votos de fidelidad y respeto a mi esposa y los cumpliré. Además, ella quiso ser mi esposa, yo no la obligué. Así que dudo mucho que piense siquiera en abandonarme.

Evie sintió que le hervía la sangre. No podía creer que lady Catherine dijera esas cosas de ella. Solo porque había leído su diario y que la odiara por no ser escocesa. Eso no era justo.

—¿Y qué le diré ahora a mi prima? Ella se hizo ilusiones en que su hija Agnes... oh vamos, te gustaba esa joven rubia, es hermosa, es perfecta y pertenece a una familia de antiguo linaje. Tú la besaste pequeño granuja.

Evan se rio.

—Solo fueron unos besos en la pradera, me gustaba sí, pero yo jamás le pedí matrimonio ni le di a entender que me casaría con ella.

—Pero la besaste, lo confiesas.

—Madre, deja de inventar cosas. Yo nunca pensé que me casaría con Agnes ni con ninguna mujer, me agradaba sí, pero tú trajiste a esa bella damisela inglesa. Es vuestra culpa.

—OH Dios mío y ahora quieres tirarme a mí la culpa! ¿Sabes el daño que le causará a esa pobre niña cuando se entere que su seductor amigo no se casará con ella?

—Madre he besado a muchas jovencitas y también he hecho algo más que eso y sin embargo nunca quise que ninguna fuera mi esposa. Solo quise a Evelyn en cuanto la vi. Y ahora esa hermosa joven es mía, es mi esposa y le debes respeto y afecto. Ella es vuestra parienta, vuestra hija y os dará nietos. Respétala y acéptalo. Fue mi decisión y sé que elegí bien.

—¿Vuestra decidido? Mejor decid vuestro capricho. Os obsesionasteis con esa joven y juro por Dios que jamás me di cuenta de que os interesara tanto o la habría expulsado de inmediato. Fuisteis muy discreto y astuto y también descarado. Un atrevido Evan Wallace. Y tú no habrías llegado tan lejos de vivir vuestro padre, esa es la verdad.

Evan suspiró cansado.

—Acepta a mi esposa y hazte a la idea porque si le hacéis daño o algún desplante dejaré de hablaros madre. Ahora soy un hombre casado y me debo a mi esposa, respetad mi decisión porque ya no soy un muchachito, soy un hombre entiendes. Hace tiempo que soy un hombre, pero tú pareces no ver eso. Y a ningún hombre le agrada que lo obliguen a desposar a una joven que ni siquiera desea. Tú lo sabes. Además, ya está hecho, me casé con Evie, es mi esposa y es mía.

Lady Catherine tuvo que rendirse.

Porque estaban casados y su matrimonio no podía deshacerse. Toda esa charla era una reprimenda feroz por no haberla escuchado y por hacer su voluntad, pero ¿qué más podía hacer?

—Jamás pensé que lo harías, jamás creí que llegarías tan lejos. Pensé que solo era un capricho, pero ahora comprendo mi error. Debí avisarle a sir Arthur, debí hacerlo.

—Madre, eso habría sido cruel con la pobre Evie. Entregarla a su tutor.

—Pero al menos habría evitado que mi hijo hiciera un matrimonio inadecuado.

—¿Y por qué crees que es inadecuado? Ella es hermosa y es toda una mujer. Mucho más que Agnes o esas damitas casaderas que no dejaban de buscarme como si fuera una presa. Cada fiesta, cada festejo aquí en esa casa yo me sentía como un cerdo corriendo por todo el jardín evitando ser cazado por una de las niñas casaderas.

Evie rio cuando dijo eso, no pudo evitarlo.

—Y te olvidas que me agrada cazar, pero no ser cazado. Y yo atrapé a la mujer que quería como esposa y lo supe en cuanto la vi. Ahora es mi esposa y si haces algo para hacerle daño...

—OH cállate Evan, jamás haría daño a Evie. Solo que no era la boda que soñaba para ti, pero supongo que deberé disimular y aceptarlo. Sería conveniente dar una fiesta para que todos se enteren de tu matrimonio.

—Una fiesta? ¿Para qué invites a tus recalcitrantes parientes? Pues no, te lo agradezco. Olvídalo. No más fiestas para mí ni para Evie. Avisa tú de nuestra boda y envíales una carta para avisarles. No necesitarán más que eso.

—Gretna Green… os casasteis en el lugar donde se casan los jóvenes rebeldes. Pudisteis casaros aquí, en vuestra casa.

—Lo habría hecho, pero no quise perder tiempo. Llevo meses esperando para que esa bella dama sea mía y además necesitaba una esposa, pero yo la elegiría.

Evie se escondió para que no la vieran que estaba con la oreja pegada a la puerta. No le sorprendió el enfado de lady Catherine sin embargo notó que su voz se fue apagando lentamente. Ya no estaba tan enfadada y al parecer aceptó enviar invitaciones a sus parientes más cercanos para avisarles de su boda.

Pero lady Catherine tardó más de una semana en acercarse a ella y hablarle.

Supuso que la dama necesitaba tiempo.

—Evie, deberás tener mucha paciencia con mi hijo. Tú eres una joven bonita y saludable y ahora eres su esposa. La esposa del heredero de esta mansión.

Ella sonrió levemente.

—Pero no solo debes ser paciente con mi hijo cuando tenga arranques de mal genio, deberás aprender todo sobre el manejo de esta mansión para cuando yo falte.

Por más que ella dijo que eso no era necesario, que lady Catherine viviría muchos años la dama se negó a oírle.

—Necesitarás aprender todo respecto al manejo de la mansión. Y la señora McBean el ama de llaves te ayudará y yo también. Ahora eres parte de la familia y si algo me pasa en el futuro… es que ya no tengo la salud de antes, me he ido deteriorando. Pero hay algo más de lo que deseo hablar contigo ahora que eres parte de la familia.

Evie sonrió cuando le dijo eso último.

Pero su mirada cambió al ver que tenía en sus manos una caja de madera y extraía un libro de tapas duras y rojas. Conocía ese ejemplar y se puso pálida.

—Este diario apareció en vuestra habitación, es el diario de Sophia. Supongo que lo habrás leído.

—Lo siento mucho lady Catherine, es que sentí curiosidad.

—Está bien, no estoy enfadada, pero supongo que tienes preguntas sobre este diario. Si es que lograste leerlo todo.

Ella asintió.

—Y le preguntaste a Meg un día si ella sabía si Sophia tenía una hermana.

Meg le había contado a la condesa, debió imaginarlo.

—Sophia era hija única, pero guardaba un secreto funesto, hija mía. Un secreto que nos causó mucho dolor y del cual mi fiel sirvienta Meg fue testigo una noche.

Lady Catherine hizo una pausa.

—Mi hijo se había encaprichado de esa joven y quería casarse con ella. Sophia era una joven bonita y de buena familia, muy dulce y siempre sonreía. Parecía la adecuada excepto porque era demasiado delgada y no tenía buen color. Yo lo noté enseguida pero no dije nada. Porque sus padres eran personas buenas y honorables y, además, mi hijo quería casarse con ella—hizo una pausa y suspiró. —Entonces una prima me dijo que Sophia no tenía salud, que padecía una extraña enfermedad en los huesos por eso era tan bajita y cuando supe eso me asusté mucho y lo hablé con mi esposo. Él quiso convencer a Evan de que esa boda no terminaría bien, que su novia tenía poca salud y, además, al parecer según supe entonces sus padres también se oponían. Pero Evan no quiso entender razones y los preparativos de la boda continuaron. Entonces invité a Sophia y a sus padres a quedarse pues habría una fiesta aquí en la mansión y se esperaban más invitados. Quería ver de cerca a la joven y por ello traje a mi doctor para saber qué enfermedad en los huesos tenía y si eso traería consecuencias en su matrimonio y demás.

Cuando conocí a Sophia pensé que era encantadora y no noté nada enfermizo, ni tampoco en sus huesos. Se movía con agilidad y era muy risueña y vivaracha. Alegre. Se veía tan feliz. Siempre estaba riendo y era tan hermosa. Tenía unos ojos...

Pero entonces descubrí que una prima suya era mucho más enfermiza y temblé. Esa boda no podía celebrarse. Porque ese mal en los huesos era hereditario y temblaba al pensar que mis nietos nacerían todos enanos y enfermos. Mi esposo me dio la razón, pero dijo que Evan no nos creería que debíamos hablar con los padres de la joven, que era lo más correcto.

Fuimos a su casa y hablamos con ellos en privado. Sophia no estaba.

Ellos negaron esas acusaciones y se mostraron muy molestos. Dijeron que no había ningún enano en la familia, que su hija solo sufría constipados a veces pero que habían intentado convencerla de que no soportaría la vida matrimonial pero su hija hacía lo que quería.

Me sentí desesperada entonces, lo confieso. Pero no podía hacer nada. Porque Evan tampoco quería saber de nada con interrumpir su compromiso. Pero entonces descubrimos una faceta desconocida de Sophia.

—¿Qué pasó?

—Hubo un incidente extraño. Poco antes de la fiesta Sophia vino aquí con su familia para quedarse pues vivían lejos. Ella despertó gritando presa de un ataque. Sufría ataques nerviosos, eso me dijeron las criadas, lloraba a mitad de la noche y gritaba... además de enfermiza, la niña sufría una tara mental hereditaria de la que nadie habló jamás. ¿Os imagináis mi terror? ¿Os imagináis eso?

Evie se quedó impresionada. Sabía que esas taras eran retrasos o problemas mentales serios y que padecer uno de esos males significaba que una se quedaba solterona para toda la vida.

—Llegó la fiesta de compromiso y todos estábamos algo tensos esa noche, no sé por qué y luego... Sophia sufrió un desmayo y pensé que era una crisis de nervios y me alegré porque creí que mi hijo comprendería que esa joven estaba loca pero no me hizo caso. Dijo que el desmayo era por los nervios de la boda. Pero días después enfermó y murió. Los médicos no pudieron hacer nada, fue su corazón dijeron. Al parecer también sufría del corazón. La pobrecita era hermosa como un ángel y era buena sí, pero tenía un montón de enfermedades, no habría llegado ni a su noche de bodas creo. En realidad... bueno, la pobrecita descansa en paz. —lady Catherine hizo una pausa y luego agregó: —Mi hijo sufrió, su corazón se rompió y luego de eso dijo que nunca más se casaría. Creo que pensó que todo era culpa de sus padres, jamás mencionaron que tuviera el corazón débil pero lo cierto es que él tampoco escuchó cuando yo quise advertirle. En fin, son pruebas que nos manda el Señor en esta vida para hacernos más fuertes.

—Lady Catherine, agradezco que me contara esta historia. ¿Cree que su hijo un día podrá amarme como amaba a Sophia?

Ella la miró con una sonrisa.

—Mi hijo te adora, querida, está loco por ti. Te hizo su esposa. ¿Qué más puedes pedir? El amor que tu fantaseas solo trae infelicidad y amargura, pero la pasión y la amistad en el matrimonio es lo más perdura. Deseo que sean muy felices querida.

—Gracias lady Catherine, ha sido siempre muy buena conmigo. Sé que esta boda no es lo que esperaba, pero yo acepté porque me enamoré de su hijo, lo confieso y fui muy insensata al no esperar su aprobación...

Ella hizo un ademán de impaciencia.

—No te culpes por eso, no habrías podido escapar de mi hijo y prefiero que estén casados a que seduzca a una joven sin hacerse responsable. Yo le prohibí a mi hijo hacerte daño, quise impedir que se acercara a ti, pero al parecer estaba decidido a que fueras su esposa y lo consiguió. Ahora debemos mirar adelante y disfrutar estos nuevos tiempos de buena ventura.

De pronto la criada Meg irrumpió en su habitación.

—Lo siento lady Catherine... lady Wallace. Hay un caballero que quiere verla, ha venido desde Inglaterra y tiene noticias para usted.

La joven le entregó su tarjeta.

Evie tembló al ver su nombre.

—Es el abogado de sir Arthur, el que me obligó a aceptar la boda...

Cuando lady Catherine escuchó la historia la miró impasible.

—No temas querida, ya no puede hacer nada, te has convertido en la esposa de mi hijo y tu boda no puede deshacerse. Supongo que querrá molestar porque nadie se molestó en responder sus horribles cartas.

—Jamás recibí carta suya.

—Bueno, no lo sé, escribió poco antes de que te fugaras con mi hijo a Gretna Green. Supongo que olvidaron darte las cartas.

Evie se quedó petrificada, no sabía qué hacer pues Evan había salido muy temprano.

—No te preocupes, no puede hacerte daño. Yo te acompañaré y hablaremos con ese arrogante abogado inglés.

Cuando llegaron al comedor Evie vio al caballero de bigote gris recortado e impecable traje azul.

—Lady Trenton. ¿Entonces era verdad? ¿Usted estaba aquí y huyó de su prometido? ¿Cómo pudo usted faltar a su palabra? Usted no está autorizada a casarse, no puede hacerlo sin el consentimiento de su tutor. El conde de Byrne.

Antes de que pudiera hablar lady Catherine le informó que estaba dirigiéndose a su nuera, Lady Evie Wallace.

—La señorita acababa de casarse con mi hijo hace una semana y debe dirigirse a ella como lady Wallace.

Él hombre parecía escandalizado y molesto.

—Pero ese matrimonio no puede ser legal, sir Arthur es tutor de la lady Trenton además de su prometido. He venido a poner fin a ese asunto de inmediato y si no llego a una solución deberán enfrentarse a los tribunales de Londres.

Cuando dijo eso Evie se asustó. ¿Podría hacerlo?

—Señor Lawrence por favor, no puede estar hablando en serio. Mi hijo y la señorita Trenton se casaron en Gretna Green y su matrimonio ha sido consumado muchas veces. Ya no puede deshacerse ni creo que ningún tribunal de Londres quiera separar a una feliz pareja de enamorados.

—Sir Arthur está dispuesto a seguir con esto hasta las últimas consecuencias. Él ha venido conmigo y le aseguro que iremos a Gretna Green a anular esa boda absurda.

Entonces apareció en escena Sir Arthur con dos caballeros haciendo sonar su bastón.

Allí estaba el hombre que había causado su ruina y sus ojos solo la vieron a ella. Parecía sonreírle de forma triunfal.

Evie retrocedió asustada y dejó que su suegra hablara con sir Arthur.

—Pues me temo que deberé hablar con su hijo. Esa boda no es legal lady Wallace.

Ella tembló, los ojos negros de su antiguo tutor la miraron de nuevo, sabía que ese hombre estaba obsesionado con ella y que haría todo cuanto estuviera a su alcance para arruinar su felicidad.

—Pues iremos ahora a Gretna Green. Traigo conmigo un poder y un documento que firmó la señorita Trenton prometiendo que sería mi esposa. Como su tutor y futuro esposo jamás daría mi aprobación para que ella fuera desposada por otro hombre. Este matrimonio no es legal.

Evan entró en la sala y se enfrentó a sir Arthur.

—No se atreva a decir que mi boda no es legal maldito inglés. Usted estafó a mi esposa robándole su fortuna, su herencia y me pregunto si eso fue tan legal como usted cree. Y no se atreva a acercarse a Evie porque le aseguro que lo lamentará. Ella es mi esposa y nadie puede llevársela de mi lado. Aquí tenemos otras leyes por si no saben sus abogados incompetentes y una esposa es sagrada para un escocés, y nadie ni su mismo rey puede intervenir en eso ni apartarla de mi lado jamás.

Algo pasó entonces en sir Arthur, notó que su rival no era un jovenzuelo escocés a quién podría apabullar con sus amenazas.

—El asunto aquí es lady Trenton es realmente su esposa? Porque firmó un documento en el que prometía ser mi esposa y yo era entonces su tutor.

—Sir inglés, eso ya no tiene valor alguno. Usted la forzó a firmar eso, la amenazó con dejarla en la calle a ella y a su madre. ¿Acaso tiene la osadía de mencionar ese infame trato? Yo lo denunciaré a usted por robarle la herencia a mi esposa luego de morir su padre y dejarla en la miseria. Lo haré.

—Puede hacerlo si gusta, pero no conseguirá nada, todo fue perfectamente legalizado. El padre de la señorita tenía muchas deudas y yo fui su fiador, pero como no pudo pagar me entregó la casa y también a su hija.

Esa última frase despertó la ira de Evan que se acercó y le dio un golpe certero a sir Arthur.

—Evie es mía, comprende? Es mi esposa y no quiero que vuelva a entrar aquí. Desde hoy se prohíbe la entrada a usted y a sus abogados.

—Pues nos veremos en los tribunales escocés. Esa boda será anulada y yo vendré a buscar a Evie. Maldito ladrón de novias. Ella debía ser mi esposa, no suya. Usted tomó algo que ya tenía dueño. Y no descansaré hasta recuperarla.

Y con otras amenazas de sus abogados de que irían a Gretna Green a anular su boda Evie lloró y se sentó desesperada.

Su esposo la abrazó con fuerza.

—Calma, no llores preciosa, eso no pasará, ese maldito no podrá anular nuestra boda. No tiene potestad alguna.

—Evan, ten cuidado. Son gente arrogante y ese caballero es de armas a tomar.

—No podrán hacer nada.

—Pues mejor busca a nuestro abogado hijo mío, no perdáis tiempo.

—¿Y crees que dejaré sola a mi esposa para que ese tunante inglés intente robármela?

—Bueno, entonces pediré que busquen al doctor Murphy.

Evie se quedó muy mal muy afectada por ese desagradable encuentro y tuvo mucho miedo. Miedo de que cumplieran sus amenazas.

Y durante la cena Evan seguía molesto.

—Me preguntó quién le avisó a sir Arthur que Evie estaba aquí? Cómo supo ese inglés.

—Bueno, es que tiene buenos abogados, imagino que alguien...

Su madre parecía algo nerviosa.

—¿Madre, fuiste tú para impedir que desposara a Evie?

Ella lo negó de inmediato.

—Jamás haría algo así. Sabes que intenté convencerte de que dejaras en paz a Evie.

—Y entonces quién haría semejante maldad?

—Alguien tomó mi diario y debió leerlo.

Entonces lady Catherine se sintió acorralada.

—Pues yo no leí vuestro diario Evie, lo juro.

—Pero alguien lo tomó de mi habitación y estuvo días desaparecido.

—Yo lo leí preciosa, pero te aseguro que jamás habría avisado a ese malnacido.

—Tú tomaste el diario de Evie de su habitación? Evan!

Él sonrió.

—Estaba en tu habitación madre, lo encontré de casualidad.

—En mi habitación? Pues no, eso es una infamia. Tú me conoces. Soy una dama Evan Wallace. Jamás leería un diario que no es mío ni hurgaría en las habitaciones de mis huéspedes. —la condesa parecía muy alterada.

—Pues alguien tuvo que avisarle, madre, alguien le avisó a ese hombre por eso vino tan pronto. ¿Es que no lo veis?

—Pero yo no lo hice, lo juro por la memoria de vuestro padre. Y os diré algo Evan Wallace, ese libro apareció en mis aposentos porque alguien lo llevó allí para que yo lo leyera y en verdad pensé que era un anuario de mis tiempos de colegialas, se veía igual y yo... os aseguro que yo solo os hablé sobre el diario. Os dije que debíais devolvérselo a la señorita Stuart y que ella nos había mentido sobre la verdadera causa de su huida de Inglaterra.

Evie se sintió mortificada por la discusión, ella creía en la inocencia de lady Catherine, pero su esposo no. ¿Además, si ella no había sido quién le había avisado a sir Arthur?

Y esa noche cuando se reunieron en sus aposentos él la envolvió entre sus brazos y le dijo que no tuviera miedo.

—No podrá deshacer nuestro matrimonio y si lo hace, si intenta separarte de mí lo lamentará.

—Es un hombre muy frío y cruel, Evan, y si no logra sus propósitos... buscará vengarse.

—Pues en este país hay leyes que cumplir y robarse la esposa de un hombre es castigado con prisión. Dudo mucho que quiera terminar en un calabozo de Glasgow. Supongo que quién lo hizo quiso evitar nuestra boda, pero no fue tan rápido para eso.

—Evan, no creo que vuestra madre sea culpable de eso.

—Pues no sé qué pensar sobre eso. Ella os encerró durante días y me dijo que si me casaba contigo me sacaría del testamento. ¿Pues no me importó sabes?

—Os amenazó?

—Sí, lo hizo. Pero yo le dije que quería que tú fueras mi esposa y te llevaría en secreto a Gretna Green. Ella pensó que bromeaba, dijo que solo serías un capricho y estaba furiosa porque en verdad pensaba que solo quería aprovecharme de ti. Discutimos y luego de leer el diario comprendí que intentaría buscar a sir Arthur o quizás ya lo había hecho. Y pensé que ya estaba harto de esperar y te hice mía esa noche para convencerte. Tú no estaba segura de esa boda, tenías miedo. Todos te decían que era un don juan, ¿verdad?

Ella asintió.

—Temí que no te casaras conmigo.

—Preciosa, me moría por hacerte mía, porque fueras mi mujer y si te prometí matrimonio lo cumpliría. ¿Creíste que solo quería una vez? Diablos, cómo temblabas entonces, qué asustada estabas y yo disfruté cada minuto y luego me sentí como un perverso. Sé que debí esperar, pero cuando te tuve medio desnuda entre mis brazos me volví loco.

Ella sonrió al recordar esa noche y de pronto se emocionó al sentir sus besos y esa mirada ardiente. Cuánto la deseaba, se moría por hacerla suya.

—Te amo Evan, y no puedo creer que seas mi esposo—le dijo.

Él la besó y le quitó el vestido ligero ansiosa de hacerla suya.

Cuando le hacía el amor sentía que la quería, cuando lo hacían se sentía tan cerca de él, tan unidos y fundidos en un solo ser, pero sabía que su corazón estaba lastimado y que no podía exigirle amor. Rezaba para que con el tiempo la amara. Y que siempre fuera un esposo fiel pues sufriría mucho si se enteraba que buscaba a otra.

Pero sabía que algo sentía por ella, por algo se había puesto tan furioso cuando sir Arthur fue a reclamarla.

Por algo la había elegido entre tantas candidatas.

Pero sabía que tenía un enemigo en esa mansión, un enemigo que la odiaba y que había intentado asustarla casi desde su llegada con el fantasma de Sophia y ahora había llegado más lejos avisándole a sir Arthur que ella estaba allí.

Y pensó que esa persona tenía acceso a su habitación y quizás a todas las habitaciones de la mansión.

No quería pensar que fuera lady Catherine, ella había cambiado y ahora quería enseñarle el funcionamiento de la mansión y prepárala para convertirse en condesa un día.

Si estuviera tan enfadada, no lo habría hecho.

Pero ¿quién más la odiaba tanto?

LOS DÍAS PASARON Y ningún visitante extraño llegó a la mansión.

Pero su esposo desconfiaba de tanta calma y envió a sus dos criados, testigos de la boda a investigar si había pasado algo en Gretna Green.

Había hablado con el abogado del a familia y supo que era imposible que ese caballero anulara su boda. Que solo el esposo podía anular una boda en el caso de su esposa fuera estéril o se negara a consumar su matrimonio.

Eso no había pasado por supuesto, así que no tenía de qué preocuparse.

Pero Evie estaba asustada, se sentía intranquila.

Aunque su suegra fuera toda amabilidad ahora y ella tomara clases a menudo de cómo funcionaba la mansión, temía que sir Arthur llegara de un momento a otro.

Ella lo conocía. Era un hombre orgulloso y no se daría por vencido. Si no podía deshacer su matrimonio entonces buscaría la forma de arruinarlo.

En el pasado se había batido a duelo con un hombre que había insultado a un familiar suyo y también la había amedrentado para que firmara ese horrible documento.

El abogado dijo que ese papel no tenía ningún valor allí en Escocia, y que nadie se comprometía y firmaba un documento. Que eso solo lo hizo para asustarla.

Pero Evie no podía olvidar y estaba asustada.

No podía ser feliz a pleno pues tenía un mal presentimiento.

—Evie, ven, demos un paseo —le dijo su esposo llevándola a recorrer los jardines.

—Necesitas tomar aire, descansar, pasas demasiado tiempo preocupada, encerrada. Pensé que quizás podríamos hacer un viaje, pues no hemos tenido luna de miel—le dijo él de pronto.

—¿Un viaje?

—Sí.

—Pero vuestra madre está organizando una fiesta de bodas. No ha dejado de insistir con eso. Quiere invitar a su familia y que nos casemos aquí en la capilla.

—Por eso quiero hacer un viaje. No quiero fiestas ni recibir visitas. Solo irnos de viaje los dos solos muy lejos. Quizás a Francia o a Italia. A las islas griegas. Escoge tú.

—Me encantaría, pero... es que me da mucho miedo salir de la mansión Evan.

—Pero no debes tener miedo. Preciosa. Ese hombre estuvo en Gretna Green y nadie le hizo caso. No pudo hacer nada ni podrá hacerlo. Regresó a su país furioso, dicen.

—¿Él se marchó?

—Sí. No hará nada, no puede hacer nada por más que esté furioso.

—Tú no lo conoces Evan, es un hombre muy malo. Todos le temían.

—Pero ya no podrá apartarte de mí jamás, preciosa.

—Él me encontró, sabe dónde estoy sabe dónde encontrarme.

—¿Y crees que se atrevería a regresar? Este lugar está muy bien vigilado, Evie. Debes dejar de tener miedo.

—Es que no me siento tranquila ni a salvo aquí, tengo un mal presentimiento...

—Pues deja de pensar eso, he avisado a todos mis hombres. Si ese hombre llega aquí, intenta hacerte daño o raptarte... pues dudo mucho que lo haga pues irá a prisión.

Evie comprendió que mejor sería irse de viaje y olvidar. Alejarse un poco de la mansión. Había allí un peligro invisible que la crispaba.

—Tienes razón, quizás debamos irnos de viaje.

MIENTRAS ORGANIZABAN el viaje la condesa los agasajó con un banquete sorpresa con todos sus familiares y amigos más cercanos.

Fue tan inesperado que Evan se crispó, pero no dijo nada.

La condesa dijo lisa y llanamente que la boda de un Wallace no podía pasar desapercibida y que solo los bandidos y la gente sin importancia se casaba a escondidas.

Por fortuna tenía un nuevo ajuar en la mansión como la futura condesa de Wallace y pudo escoger un vestido para usar.

Pero Evie no se enfadó como lo hizo su marido, ella se sumergió en la tina y dejó que Nelly la ayudara con su aseo.

—Lady Evie, ¿es verdad que se irán de viaje? —preguntó de repente—de luna de miel con su marido?

Ella asintió. Ahora la llamaba lady Evie y la miraba con veneración.

—Es verdad, iremos a París. Me encanta París, pero no lo sé... este banquete de bodas atrasa nuestros planes.

—Pues hoy será la envidia de toda la fiesta, se ve hermosa.

Pero Evie no se sintió segura.

Su cuerpo había cambiado luego de su boda y había perdido parte de su talle y sus senos habían aumentado demasiado.

—Se ve hermosa, no se queje. Luego de una boda nada vuelve a ser como antes en la vida de una mujer. Los hombres engordan, lady Evie, es lo que siempre dice mi madre.

Ella se sonrojó al pensar su esposo debía ser el hombre más ardiente de Escocia. Nunca dejaba de buscarla, de tocarla, de acariciarla y la besaba tanto que ...

—Lo amo tanto, Nelly... a mi esposo. Pero no sé si él todavía piensa en Sophia.

La expresión de su antigua doncella cambió.

—Pero señorita, el joven conde está loco por usted. Enfrentó a su madre muchas veces para convencerla de que usted era la indicada. Ella se oponía a esa boda, estaba furiosa y me dijo que la vigilara. bueno, ahora puedo contarle. Ahora todo es distinto. Lady Catherine está muy contenta.

—Y tú crees que Evan...

—Él la ama, hace tiempo que no mira a nadie más, se lo juro. Solo a usted. Y cuando un hombre está felizmente casado se nota. No tiene nada de qué preocuparse pues luego de sufrir esa tragedia dijo que nunca se casaría y la escogió a usted.

Evie pensó en el pasado, cuando nada más llegar sintió cierta hostilidad en los criados y le preguntó por los retratos y los vestidos.

—Dime la verdad por favor, ¿quién lo hizo? ¿Quién dejó allí los retratos y los vestidos?

Nelly se puso seria.

—Nunca lo sabremos señora. Pero al parecer era una dama celosa de su belleza y quisieron espantarla. Pero cuando el señor Wallace dijo que expulsaría a quien volviera a intentar amedrentarla ... pues las broma cesaron. No se preocupe. Eso es parte del pasado. Todos la adoran ahora, lady Evie. Es la criada que se convirtió en señora. Nada debe temer de nadie. Al contrario. Todos la veneran. Y su esposo también. Todos notan la forma en que la mira.

Evie se sintió más confiada con esa conversación y se preparó para asistir al banquete de ese día. Era una fiesta breve para celebrar su boda y presentarla a ella como la nueva esposa del heredero.

Entró algo nerviosa en el salón, aunque lo hizo del brazo de su marido se sintió nerviosa como una debutante, pues no dejó de percibir tantas miradas, pero no notó animosidad, sino que vio alegría. Alegría por el festejo y todos les felicitaron.

Su suegra era la más feliz pues había invitado a parientes que vivían muy lejos algunos eran muy añosos, y había algunas parientas y amigas, pero no todas las que habían ido a la fiesta del heredero hacía meses por supuesto.

Excepto Agnes MacInner y su madre, la joven le sonrió y la saludó con afecto, pero su madre era otro cantar. La orgullosa dama había planeado un matrimonio muy bueno para su hija con el hijo de su parienta: Evan Wallace, pero eso no podía ser. Ahora era suyo.

Sin embargo, Agnes se mostró amable y la felicitó.

De pronto sintió la mirada de su esposo a la distancia y se sonrojó. Se moría porque esa fiesta terminara y poder reunirse a solas para hacer el amor.

La cena trascurrió con mucha animación, hasta hubo un grupo de gaiteros que fue a tocar unas melodías tradicionales y de pronto la condesa propuso un brindis.

Evie sonrió y se distrajo cuando su esposo la abrazó pues habían ido a bailar. Así que no bebieron.

Por primera vez bailaron como marido y mujer y eso fue emocionante.

Nada más le importaba que bailar con su esposo.

Todos brindaron a su salud, pero la condesa insistió en que ellos bebieran y ordenó que les sirvieran otras copas.

Pero algo pasó entonces. Una dama de mucha edad cayó al piso y alguien gritó.

—Tuvo un ataque, tuvo un ataque, llamad al médico. Oh, mi pobre madre...

Era una mujer rechoncha y al parecer sufría del corazón.

—Comió demasiado...—dijo alguien.

—Bebió de más—dijo otra.

Evie se sintió muy mal que justo en su banquete de bodas pasara eso y la condesa miró la escena horrorizada.

Por fortuna había un doctor presente y ese fue quien atendió a la dama. La llevaron a un sillón mientras todos se ponían histéricos a su alrededor.

Pero nada pudo hacerse, la pobre mujer falleció poco después y Evie lloró y Evan la abrazó.

—Esto es un mal augurio —dijo una voz venenosa.

—Era muy vieja la pobre —dijo alguien.

Pero el doctor preguntó qué había bebido la mujer pues había algo extraño en sus dedos y en su boca.

Evie no sabía qué estaba pasando, pero el doctor dijo que le trajeran la copa de la dama.

Una invitada fue a fijarse y regresó poco después con una copa medio vacía.

El doctor la olfateó, pero no le pareció más que vino tinto.

—La señora Merton bebió otra copa de vino, esta que estaba llena. Creo que era de lady Evie. Como ella se fue a bailar con su esposo dejó su copa y la señora la tomó sin que nadie lo notara, bueno yo lo vi.

El médico examinó la copa y ordenó que la custodiaran.

La condesa Wallace apenas podía entender lo que había pasado, no caía todavía que había una persona muerta en el banquete de los recién casados. Era terrible. Pobrecita siempre había sido una condenada glotona, desde niña, en las fiestas de cumpleaños se enfadaba si le quitaban el bollo más grande y siempre comía todo lo que podía y ahora... pobrecilla, la glotonería había sido su ruina.

—Lady Catherine, creo que no fue por su glotonería —le respondió el doctor. —alguien puso veneno en la segunda copa que bebió, la que debía beber lady Evie Wallace. Si es que bebió esa copa como asegura el testigo... será mejor que envíe por el alguacil y que todos sus invitados sean confinados aquí hasta que llega el alguacil.

—Pero ¿qué dice hombre? ¿Es que se ha vuelto loco? Cómo va a decir que... oh es terrible.

—Señora esta copa puede olerla, a pesar de la fragancia del vino contiene un potente veneno llamado belladona que en cantidad concentrada provoca la muerte por asfixia. Mire... la señora Merton tiene los labios negros. Puede que bebiera la copa despacio o de golpe y que el veneno demorara un poco en actuar.

Cuando dijo eso Evie quiso correr y su esposo la abrazó.

—Calma preciosa, te llevaré a descansar.

—Señor Wallace, aguarde por favor. Se ha cometido un asesinato y el asesino es uno de sus criados o de sus invitados. No estará a salvo hasta que llegue el alguacil y haga preguntas.

—Está loco hombre, eso no puede ser... quién querría hacerle daño a esa pobre mujer. Debió ser un accidente o quizás bebió demasiado vino.

—Bebió solo dos copas y bebió la copa llena que debía beber su esposa pues estaba sentada al lado.

Evan se puso pálido y lanzó una maldición en gaélico.

—Aguarden todos aquí, por favor. El alguacil decidirá qué hacer.

Ninguna fiesta había sido más arruinada que esa, con un horrible asesinato. Lady Catherine lloró de rabia e impotencia.

Mientras el médico atendía a otras invitadas que habían sufrido un colapso nervioso como Agnes y su madre.

Nadie podía creer lo ocurrido, pero había pasado. Alguien había intentado matar a Evie y en su lugar murió la señora Merton.

Allí sentados y temblando ninguno parecía un asesino. Era ridículo, pero uno de ellos lo había hecho. Por desgracia.

Evie se dejó caer en el sillón y se sintió enferma.

El alguacil tardó un buen rato en llegar y no lo hizo solo, un grupo de gendarmes lo acompañaba.

Examinaron a la difunta y verificaron que el doctor presente tenía razón. Era belladona u otra droga venosa y mortal.

La que estaba más descompensada era lady Catherine.

—Sophia también fue envenenada en su fiesta de compromiso —dijo de pronto al investigador.

—Perdón, ¿quién es Sophia, lady Catherine?

—La anterior prometida de mi hijo y yo no lo supe... comenzó a delirar, a ver fantasmas en la mansión y luego...

—Y qué pasó luego?

—A los pocos días de enfermar murió del corazón, como la señora Merton.

El agente anotó todo cuidadosamente.

Luego interrogó a los criados, tenía especial interés en descubrir quién había distribuido las copas.

Alguien notó que la copa de lady Evie había sido tomada por la señora Merton así que disimularon y sirvieron otra copa para los novios para que pudieran unirse al brindis.

Los criados se mostraron muy tensos y nerviosos. Meg no dejaba de llorar mientras contaba que solo había servido los platillos.

—¿Lady Evelyn comió todo lo que le sirvieron? —preguntó el alguacil.

—No... comió muy poco.

El agente no dijo nada y siguió anotando.

Todos fueron encerrados en distintas habitaciones. No podrían salir hasta que se llegara a la verdad. Pues se les dijo que todos eran sospechosos.

Hubo un murmullo de fondo.

—Sospechosos dice? Eso es una locura alguacil. —dijo una dama gorda muy indignada.

—Pues nadie será liberado hasta saber con exactitud quién de usted ganaba algo con la muerte de lady Evelyn.

—Ganar algo? Pero... ella es la esposa del hijo de mi prima segunda. Y es una joven adorable, ¿quién querría hacerle daño?

Entonces alguien dijo que la señora Merton sufría del corazón y seguramente bebió demasiado y todo había sido una desgracia.

Nadie quería creer que eso estuviera pasando, que alguien hubiera cometido un crimen. Pues todos los invitados eran muy queridos en la familia, eran amigos y también algunos vecinos.

¿Qué razones tendrían ellos para envenenar a alguien? Eso era absurdo. Muchos protestaron y otros se alejaron muy ofendidos.

Evie a la distancia escuchó sus palabras y pensó que tenían razón. Todo era tan extraña, tan siniestro y prefería creer que la señora Merton había muerto del corazón por haber bebido demasiado.

Sospechas

Fueron días de mucha angustia e incertidumbre.

La antigua mansión se convirtió en un lugar dónde todos eran sospechosos y un montón de hombres extraños llegados de Glasgow pasaban el día entero interrogando a todos los integrantes de la casa. Y los criados fueron los más interrogados una y otra vez como si ellos tuvieran sospechas.

En una ocasión Evie vio a Meg salir corriendo de un interrogatorio y al detenerla ella la miró desesperada.

—Yo no sé nada lady Evelyn, se lo juro. ¿No sé nada… por qué no me dejan en paz? —sollozó y se marchó.

Era la sirvienta de confianza de la condesa y su mano derecha junto con el ama de llaves.

El ama de llaves también se las vio en figurilla al decir una y otra vez cómo se había organizado el banquete de bodas y quién había servido las copas.

Evie se estremeció al pensar que uno de los criados lo habría hecho. ¿Por qué? ¿Por qué matar a la esposa del heredero? ¿Tanto la odiaban por ser inglesa?

Ella se negaba a pensar eso.

—Lady Wallace—dijo una voz.

Ella miró a un sujeto de aspecto bastante canalla pero que llevaba una especie de uniforme militar.

—Qué sucede? —preguntó a su vez.

—Usted debe regresar a sus aposentos de inmediato. No está a salvo en esta casa y solo puede salir con custodia.

Oh rayos, eso era el colmo.

—Intentaron asesinarla.

Ella retrocedió espantada y obedeció.

Ahora era prisionera en su propia habitación, en sus aposentos de la mansión, como si hubiera hecho algo malo.

—ES por su bien, señora condesa. Muy pronto descubriremos al culpable, no escapará y todo volverá a la normalidad.

No sabía quién era ese sujeto tan jactancioso y que además la había llamado condesa, pero ella también esperaba que todo esa horrible pesadilla terminara pues la casa era un perfecto caos y de pronto vio al ama de llaves perseguir a un agente furiosa y decirle:

—Hombre, deje eso, no toque nada, parece usted un crío. Hay muchos objetos valiosos en esta casa y no pueden tocarse. Si algo se rompe deberá usted responder por ellos.

Era un ambiente de tensión bastante perverso y Evie se alegró de poderse alejar, pero seguía la incertidumbre. ¿Qué pasaría ahora?

EL AGENTE MCNEIL ESTABA de mal humor ese día. Todo era muy claro pero muy confuso a la vez y decidió ir a dar un paseo por los jardines.

Había ordenado que los parientes más viejos pudieran marcharse pues estaban libre de toda sospecha.

Pero los demás no.

—Qué piensas de todo esto amigo? —le preguntó su socio y ayudante, el alguacil.

El hombre flaco y medio calvo miró la casa con gesto sombrío.

—Pienso muchas cosas. Pero sé bien por mi experiencia que cuando hay un crimen en familias adineradas casi siempre es por odio o por una herencia—dijo el agente.

—Eso descarta lo segundo, la dama inglesa no tiene dinero así que eso descarta a su esposo—respondió el alguacil—Además, conozco bien a su esposo, y él adora a su esposa ¿por qué haría eso?

—Pero su anterior novia murió en extrañas circunstancias. Poco después de su compromiso. ¿No le parece extraño alguacil?

—¡Amigo, no! Se equivoca usted, su anterior novia sufría del corazón y era enfermiza. Murió porque no tenía salud. En cambio, esta boda disgustaba mucho a su madre y los criados dijeron que pelearon mucho por esa razón.

Ambos se miraron.

—Eso nos lleva a lady Catherine Wallace de nuevo. Tenía motivos. Su hijo se había casado con una dama inglesa que solo tenía títulos, pero no una buena dote—dijo el agente.

—Pues también conozco a la señora Wallace y le aseguro que no hay ninguna razón para sospechar de ella.

—Amigo, debe usted ser objetivo y analizar las posibilidades. No debe creer que es inocente solo porque tiene amistad con esta familia y los conoce desde siempre.

El alguacil se mostró inquieto, sabía que su colega tenía razón.

—Ella no lo hizo, se lo aseguro, pero de todas formas debe ser interrogada en cuanto esté mejor de salud. Todo esto la ha afectado. Además, han llegado los familiares de la difunta y quieren vernos. Debo hablar con ellos.

Más problemas, más personas para interrogar.

El sobrino de la anciana señora Merton fue muy cauto al hablar de su tía al comienzo, sobre su afición al vino y a los dulces.

—El doctor le advirtió, le dijo que no bebiera tanto—dijo al fin sudando profusamente.

—¿Y quién es el heredero de la señora Merton?

El joven se puso colorado.

—Sus sobrinos supongo, ella no tenía hijos y era solterona. Pero no dijo nada del testamento.

Entonces al parecer había un motivo con la muerte de la dama. ¿Y si realmente había bebido el veneno en su propia copa y nada tenía que ver con la copa de lady Wallace?

Necesitaban saber del testamento de inmediato.

—Acaso insinúa usted que pudimos hacerle daño a nuestra querida tía agente? Es usted muy malvado por hacer semejante sugerencia. —se defendió el joven que era de muy bien ver y elegantemente ataviado. No parecía necesitado de dinero, además, había hecho un matrimonio muy bueno con una rica heredera del condado. Los Merton eran personas ricas y respetables. No los imaginaba tramando un asesinato, pero había que agotar todas las posibilidades.

—No estamos acusándole señor Merton, por favor, solo debemos hacer preguntas para resolver este misterio.

Un misterio que se volvía cada vez más complejo.

Pero entonces llegó un erudito en química desde Glasgow y pudo analizar ambas copas para saber cuál tenía veneno.

Tardó solo un rato en averiguarlo luego de utilizar ciertos polvos para identificar la sustancia asesina además de percibir el olor penetrante de la belladona.

El joven que tenía un herbario en su casa y era experto en química habló en privado con los agentes y les hizo una prueba con las copas. Ambas habían sido marcadas para poder identificarlas y ocultas para que nadie pudiera cambiarlas ni tramar nada.

—Es evidente que se usó mucha belladona. Tanta que la dama murió casi al instante.

—¿Pero no detectó su sabor amargo, señor Kinley? —preguntó el alguacil.

Él joven lo negó.

—Dicen que bebió más de dos copas antes de que comenzara el banquete. La dama era alcohólica y seguramente cuando notó que había algo raro tuvo una convulsión y murió. No hubo tiempo para nada. La bella dona es letal en pequeñas dosis causa alucinaciones, pero concentrada causa la muerte.

—¿Y cómo pudo el asesino adquirirla? No es una planta común.

—No es común, pero se cultiva en todas partes. Quizás la compró en una tienda de plantas. Algunos la usan para decorar sus jardines.

—Amigo mío, podría usted buscar aquí en esta mansión, ¿reconocería esa planta en los huertos?

—Oh por supuesto. La reconocería enseguida.

—Entonces acompáñeme por favor.

—Por supuesto.

Los tres recorrieron los jardines de la mansión en busca de la planta mientras el herborista se dedicaba a hablar de los usos que se les daba a las hojas de la planta en la antigüedad. Se creía que tenía un uso medicinal y cosmético como el arsénico, que se usaba para embellecer la piel de las damas pero que resultaba mortal si se ingería o se usaba en proporciones mayores.

—OH vaya, es usted un experto. ¿Cree que aún usen las damas esa planta para agrandar sus pupilas y verse más hermosas?

—No lo creo... ahora hay ciertos polvos y carmines para pintar los labios que son usados por las jóvenes para atraer miradas. Pero son elaborados a base de sustancias mucho menos peligrosas. Creo que ya no se usa la belladona como cosmético. Pero es una planta silvestre que crece en todas partes, seguramente haya en alguna parte las bayas moradas y sus flores son inconfundibles.

Sin embargo, no parecía haber bayas moradas en esos jardines tan cuidados de la mansión por lady Catherine. Pero al no encontrar nada decidieron ir a preguntarle a la dama a sus aposentos.

—¿Belladona? ¿La planta venenosa? Había aquí hace años, pero mi suegro las podó luego de que el hijo de una criada murió al ingerir un montón. —explicó la dama afectada mirando a los agentes con inquietud.

Luego les dijo:

—¿Acaso creen que mataron a la pobre Clementina con esa horrible planta?

—Hay indicios. Es un veneno que se usa mucho estos días, basta con leer el periódico...

La dama se mostró ofendida con esa respuesta.

—Pues yo no leo periódicos tan vulgares ni creo que alguien de aquí ... escuche, es imposible. Para morir con esa planta se deben comer muchas bayas y eso no podía estar en el vino.

—Pero sí el sumo de esas bayas, lady Catherine.

—Insinúa que alguien pudo hacer un sumo para matar a mi amiga más querida...oh qué horror. ¿Por qué harían eso?

—No querían matar a su amiga lady Catherine sino a su nuera.

La dama se pudo pálida. Muy pálida y su terror era evidente.

—Pero quién haría algo tan horrible. Ella es la esposa de mi hijo.

Y la dama parecía una de las sospechosas, quizás la principal. No estaba nada feliz con esa boda, hubo muchas discusiones entre su hijo y ella días antes, así lo confirmaron los criados, pero... no creían que fuera ella la asesina.

Y mientras se alejaban el agente dijo al oído del inspector.

—Tal vez no fue ella, pero alguien lo hizo siguiendo sus órdenes. ¿No resulta extraño que organizara un banquete tan espléndido cuando nunca dio su aprobación para esa boda?

El alguacil no quiso decir nada.

Debían buscar las plantas silvestres de belladona y eso podía tardar un poco, así que organizaron la búsqueda mientras un grupo de agentes se quedaba en la casa vigilando a los criados y a los demás invitados.

DÍAS DESPUÉS EVIE FUE interrogada en presencia de su esposo por exigencia de este.

—Mi esposa está muy afectada todavía oficial. Por favor, solo permitiré que le haga las preguntas necesarias, ni una más.

—Por supuesto, señor conde. Pero es necesario saber quién podría querer hacerle daño a su esposa. Y, además, saber si ella llegó a beber de su copa de vino.

—No, no lo hice alguacil. Y no sé quién haría esto, pero ... he sentido que alguien vigila mis pasos en esta casa hace tiempo y tengo mucho tiempo.

Luego de permanecer encerrada por días había tenido tiempo de pensar y ciertamente no quería ocultar lo que había pasado desde su llegada a la mansión pues podría ser relevante para el caso. Si alguien quería matarla, ese asesino silencioso había estado allí desde el principio, vigilando sus pasos.

Entonces ella contó las bromas que le hicieron al llegar a la mansión y la animosidad de los criados. Los retratos y la ropa de la difunta prometida de su marido en el armario donde ella debía guardar las pertenencias.

—Luego mi diario desapareció alguacil, misteriosamente.

Su esposo la miró y ella esquivó su mirada.

Se sentía terrible por decirlo, pero tuvo que decir que el diario había aparecido en la habitación de lady Catherine días después y luego le fue regresado de forma misteriosa.

—Y por qué se asustó tanto por la desaparición de su diario lady Evelyn? —preguntó el agente mirándola con desconfianza.

—Porque yo tenía un secreto inspector, un secreto que no quería que nadie supiera.

—Y qué secreto era ese?

Antes de que su esposo dijera algo ella habló de su fuga de Inglaterra por una boda forzada con el hombre que le había arrebatado su herencia.

Eso interesó de inmediato a los agentes.

—Oh vaya... tenemos otros sospechoso. Un caballero que fue abandonado por usted cuando planeaba llevarla al altar luego de apropiarse de toda su herencia.

Ella se quedó mirándole desconcertada. Asustada.

—Acaso cree que sir Arthur... pudo ser capaz de algo tan horrible?

—Señora Wallace, no se escandalice tanto. Los más horrendos crímenes en este mundo se llevan a cabo por motivos poderosos. Amor, odio, venganza o dinero. El dinero es muy importante. Y si ese caballero le había arrebatado a usted toda su herencia y pretendía forzarla a una boda... esa boda era para tapar su estafa supongo, para cubrir que seguramente estafó a su padre y no quería que usted investigara ni le acusara de nada.

—No puede ser... jamás pensé que él fuera capaz de algo tan horrible.

—Bueno, debemos interrogarle y saber dónde estuvo la noche en que falleció la señora Merton.

—Pero dejando de lado a ese caballero inglés, lady Wallace. ¿Cree que alguien de esta mansión le tiene tanta inquina al punto de querer terminar con su vida?

La joven demoró en responder.

—Oh no... lo que pasó antes no fueron más bromas. Excepto por...

—¿Excepto? —se interesó el inspector.

—El fantasma de la novia de la mansión. Alguien me contó esa historia y tuve sueños extraños y luego apareció ese retrato y pensé que era. Luego descubrí que la anterior prometida de mi esposo había visto a la novia fantasma y también sintió ruidos extraños.

Entonces salió a la luz la historia de Sophia MacAlyster y su diario. Evie esquivó la mirada de su marido y le contó al alguacil lo que había leído en él.

—¿Podría mostrarme ese diario por favor?

—Es que no lo sé, quedó en mi antigua habitación. Aguarde. Le pediré a Nelly que lo busque.

Llamó a su fiel doncella y le pidió que le trajera el diario de Sophia. Ella se mostró sorprendida, tampoco tenía idea que el diario estuviera en la mansión todavía.

Mientras esperaban el diario fue el turno de su esposo, él también fue interrogado.

Hasta su esposo fue interrogado. Eive pensó que todo era uma pesadilla. ¿Realmente alguien en esa mansión planeó matarla o fue el vino que estaba en mal estado? Pero que sir Arthur fuera sospechoso también le resultó sorprendente. No sabía qué pensar.

¿Y si todo había sido un accidente producto de la glotonería de la pobre señora Merton de la que habló bastante su suegra?

Cuando Nelly regresó dijo que no había encontrado ningún diario.

—Pero lo buscaré con más calma inspector, lo prometo.

Ambos investigadores miraron a la doncella con desconfianza.

—Por supuesto, le ruego que siga buscándolo y nos avise.

La joven se alejó muy nerviosa.

Pero todos los criados lo estaban luego de vivir esa tragedia, la muerte de una vieja amiga de la condesa y luego el alguacil el inspector invadiendo la mansión como si fueran bandidos. Debían estar muy molestos.

Pero Evie se sintió mucho peor cuando luego del interrogatorio el inspector, ese sujeto tosco y de mirada desconfiada le dijo:

—Lady Evie, me temo que deberá usted recibir una custodia especial, día y noche. Le ruego que no salga de su habitación y de ahora en más, deberá tener mucho cuidado con lo que ingiere, pues no hay dudas que usted era el blanco del asesino. Las razones no las conocemos ni tampoco sabemos todavía quién lo hizo. —se tocó la corbata como para darse importancia—En realidad resulta incomprensible que una dama bondadosa y gentil a la que todos parecen apreciar haya sufrido tal atentado contra su vida, pero me temo que hay pruebas de que sí intentaron envenenarla. Lo mismo le he dicho a su marido. No sabemos por qué, imagino que sentirá mucha inquietud y curiosidad, pero no tenemos respuestas todavía. Pero deberé ordenar que nadie salga de esta mansión y que todos sus invitados permanezcan encerrados, vigilados también. Con excepción de los muy viejos y enfermos, ellos han tenido autorización para para marcharse. Todos los presentes serán vigilados, incluyendo a los criados. Ellos no podrán elaborar alimentos si no es presencia de mis hombres, pues alguien sirvió la copa con veneno. Fue solo una al parecer y era la suya. Y uno de los criados la, sirvió, aunque todos juren que no lo hicieron, en verdad un simple criados no tendría motivos para hacerle daño, pero aquí hay criados nuevos y dos de ellos son ingleses. Lo que resulta inesperado. Usted también es inglesa. Como su antiguo prometido...

—Acaso sospecha que él ...

—Es una posibilidad. Tendré que hacer una investigación exhaustiva al respecto, por ahora solo lo obligaré a venir aquí a responder algunas preguntas y luego ... no se puede acusar al caballero sin pruebas. No tenemos pruebas firmes, solo sospechas, y las sospechas es que aquí se cometió un crimen, un crimen por el que deben responder, pero lo importante ahora es advertirle que usted corre peligro señora Wallace. El peligro no ha pasado. Algunos asesinos despiadados lo intentan de nuevo.

—OH es horrible, no lo puedo creer... no puede ser. ¿Está seguro de eso?

—Pues sí lady Evelyn, por eso debo ser franco y muy claro con usted señora, su vida corre peligro pues en una celebración feliz por su boda alguien planeó envenenarla. Y por desgracia una invitada muy apreciada por su suegra falleció en su lugar. Y ahora el asesino puede estar aquí entre nosotros. Me temo que así es y debemos estar alerta y preparados para descubrirle y detenerle. Y por esa razón no es que deba estar encerrada en su habitación, pero sí custodiada por criados de su total confianza o su esposo si decide salir de la casa. No se aleje demasiado y no vaya a sola a ningún lado, se lo ruego. Es por su bien. Evan, tú lo entiendes muchacho, supongo.

El joven asintió.

—Por supuesto alguacil, fui el primero en llamarle y le ruego que no escatime en vigilancia. Puede interrogar a mis criados a todas las personas de aquí. No me importa sin parientes de mi madre, en absoluto. Nadie tendrá privilegios. Y descubra a quién descubra tendrá todo mi apoyo. Confío en usted y en sus hombres, señor Parker.

Lo conocía de toda la vida y el alguacil había sido muy amigo de su padre en el pasado. Era un hombre sabio y bastante implacable. No conocía al inspector que lo acompañaba, pero imaginó que sería bueno para estar allí a su lado.

Pero Evie se quedó tiesa cuando se marcharon y miró a su esposo.

—Oh Evan, es horrible pensar que alguien hizo esto... que alguien de esta casa...

Él la rodeó con sus brazos y besó su cabeza.

—ES horrible lo sé y me estremece pensar que alguien de aquí lo hizo. Pero no me importa quién lo hizo, deberá ser castigado. Sea quien sea. No temas.

Evie pensó que todo era una locura sin razón alguna. ¿Tanto la odiaba que quisieron envenenarla? ¿Qué tan lejos habían llegado los celos de las criadas enamoradas en secreto de su esposo para quitarla del medio?

Evie sintió que todo era una pesadilla, una horrible pesadilla. Cuando su esposo la acompañó a sus aposentos y dos agentes los escoltaron pensó: "esto no puede estar pasando, parece un sueño siniestro y extraño, tengo la sensación de que pronto despertaré y será la fiesta del banquete de bodas y todo será diferente".

Solo cuando se desnudó y estuvo en brazos de su esposo logró sentirse mejor, ahora solo quería que la llenara de besos y la hiciera suya, lo necesitaba tanto...

Pero cuando ambos se quedaron entrelazados él la besó y la miró muy serio:

—Voy a encontrar a quien hizo esto preciosa, no permitiré que nadie os haga daño jamás. Y quiero decirte que nunca dormí con una criada y le prometí matrimonio como insinuó ese inspector de pacotilla. —le dijo él molesto.

—Lo sé, no te preocupes. Yo no creo que fuera una criada y me parece injusto que se las acuse solo por ser los miembros más pobres y desamparados de la casa. Pudo ser un invitado, pero no sé quién haría eso. Eran todas personas muy mayores, algunas apenas podían caminar con su bastón. Vuestra madre solo invitó a sus seres queridos más cercanos.

—Es verdad, pero alguien lo hizo y fue un sirviente quién sirvió todas las copas y otro sirvió el vino. Por eso son sospechosos. ¿También me indigna que uno de ellos cometiera ese crimen, por qué te harían daño? Son muy leales, hermosa. Todos ellos han trabajado para mi familia desde generaciones y viven bien aquí, muchos tienen cabañas para alojar a sus familias numerosas, mis padres siempre han sido generosos y os aseguro que se le da una buena vida a cambio de su trabajo. Por eso muy pocos han renunciado y eso se lo diré mañana al inspector pues creo que piensan que por ser criados son culpables de horribles crímenes. Pero los conozco muy bien a todos, excepto a los criados últimos, los ingleses. Creo que nadie sabía que eran ingleses.

—¿Crees que sir Arthur los envió para vengarse? No lo creo...

—Pues es muy sospechoso, ese hombre vino aquí a buscarte, y estaba furioso al enterarse que te habías casado.

—Sir Arthur no lo haría. Le conozco bien él no me haría daño.

—Pero os encerró en vuestra propia casa hasta que tuvierais la edad para ser su esposa. Ese personaje malvado y nefasto me recuerda al ogro de los cuentos infantiles.

—Es verdad, fue malvado, pero jamás habría querido matarme Evan y me cuesta creer que alguien pueda odiarme tanto, esposo. A menos que sea por amor a ti.

Se hizo un silencio y de pronto él tomó su rostro y la miró.

—Eso no puede ser, tú eres la única mujer que amo damisela inglesa. Y cuando supe lo que había pasado, lo que pudo pasarte... creo que me volvería loco si te perdiera a Evie, no podría soportarlo.

Ella se emocionó al oír sus palabras y cuando le dio un beso ardiente y entró en ella para hacerla sentir cuánto la amaba.

—Y yo te amo Evan, siempre te he amado y no quisiera estar nunca lejos de ti...jamás—dijo Evie y lloró pensando lo cerca que había estado de perderlo todo. De no haberle pedido él que bailaran ella no habría dejado la copa nuevamente en la mesa. En verdad que el brindis era una ocasión especial, pero sintió la música y él le dijo al oído que le debía una pieza de baile. Fue un momento mágico cuando bailaron mientras todos brindaban a su salud, pero entonces no notó eso, solo se dejó llevar por el baile y pensó que era tan feliz.

—Dilo de nuevo preciosa, di que me amas.

—Tú dilo por favor... tú me salvaste Evan, me salvaste al alejarme de esa copa.

Él se puso serio.

—Es terrible pensar que alguien hizo esto, preciosa. Yo te amo y juro que castigaré a quién hizo esto, yo mismo lo haré en cuanto lo encuentre. Ven aquí, no llores, yo cuidaré de ti siempre.

Pero Evie lloraba de la emoción de que él le dijera que la amaba y saber además que esa noche había salvado su vida. No pudo pensar en nada más que en responder a sus besos y retorcerse de placer al sentir que la inundaba con el suyo.

Testigos

Pero la pesadilla de encontrar al asesino continuaba, y en realidad recién empezaba.

Habían encontrado muchas plantas de Belladona en el bosque, debajo de los matorrales, tanta cantidad como para matar a todos en esa casa o eso aseguró el experto en botánica.

Pero lo más inquietante fue encontrar que muchas de sus bayas habían sido extirpadas para preparar el veneno. Alguien debió machacar la fruta de esa planta para prepararla y estaba allí, en esa mansión.

—Tuvo que ser un criado o alguien que sabía de plantas—opinó el herborista.

El inspector se preguntó de nuevo quién tendría motivos tan fuertes para matar a una joven tan hermosa y buena.

No tenía enemigos. Excepto su antiguo tutor.

—Esperemos que se presente em la mansión, ahora debemos interrogar a la condesa, aunque sea una tarea ingrata.

—La dama se encuentra indispuesta, debe darle tiempo.

—Pues su testimonio es fundamental alguacil, ella conoce a todos los criados y también a todos sus invitados del banquete.

—Es verdad, pero debemos esperar y vigilar a todos.

Mientras conversaban se acercó una dama de opulenta estampa y cabello gris.

Dijo llamarse Chloe MacInner. Condesa de Riverston. Una joven la acompañaba, mucho más discreta y apocada. Dedujeron que era su hija, aunque tenía la mitad del tamaño de su madre, era mucho más amable y tranquila. Se presentó como la señorita Agnes.

—Señor Alguacil, por favor, soy una mujer viuda y enferma y necesito mis medicinas. No puedo quedarme más tiempo aquí.

—Lo siento mucho señora, pero podrá pedirle medicinas al médico de la familia. Él suele venir a menudo a atender a la condesa.

Ella se puso roja, furiosa al sentirse desafiada.

Era la prima segunda de la condesa y así se lo dijo.

—Soy parienta de la condesa, una parienta cercana, su prima segunda y amiga de toda la vida. Y ella también cree que es injusto que se me retenga aquí. No soy más una dama enferma y mi pobre hija es una joven buena y abnegada. ¿Qué tenemos que ver con todo este asunto de una muerte dudosa? No tenemos nada que ver. Por favor. Soy una mujer vieja y enferma y mi pobre hija también extraña nuestro hogar. Nos han retenido aquí como si fuéramos bandidos sin ningún respeto o consideración. No hemos hecho nada.

—Nadie ha dicho que sean culpables de nada señora. Lamento mucho los inconvenientes. Le prometo que pronto podrán regresar a su casa.

—Pronto? ¿Pero eso es cuándo oficial? Alguacil. Por favor. Ya no resisto este lugar. Solo se habla de asesinatos y fantasmas, soy una mujer enferma. Sufro del corazón y todo esto será devastador para mí.

La hija confirmó su dolencia y le rogó al inspector que les permitieran regresar lo antes posible.

Era una joven cándida y hermosa. Desde el principio había despertado el interés de los agentes por lo bella que era y muchos se preguntaban por qué siendo tan bella todavía no tenía esposo.

Pero el inspector no se dejó seducir por los modales encantadores de la joven y se mantuvo firme. En unos días todos podrían regresar a sus casas, solo faltaban ser interrogados.

La joven se lo agradeció, pero no dijo nada, en cambio su madre estaba furiosa y no lo disimulaba.

—Quién es esa señorita tan guapa? —preguntó el inspector.

—Su madre es prima segunda de la condesa Wallace y además... bueno se rumoreaba que la condesa quería que su hijo se casara con esa joven, pero él no quiso.

—No la quiso? Qué extraño. Es muy hermosa.

—Bueno, no todos los hombres tienen debilidad por las mujeres bellas. Además, Evan Wallace sufrió una gran tragedia agente hace tres años. Perdió a su prometida que falleció de forma trágica.

—Ah, se refiere a Sophia, ¿la del diario que mencionó lady Wallace?

—Sí, ella.

—¿Y qué le pasó a Sophia?

—Bueno, según supe la joven era un ángel, de buena familia, educada, pero no tenía salud. Era enfermiza. Creo que todos sabían que no viviría mucho pero aun así Evan se enamoró locamente de la joven y quiso casarse con ella. Nadie le dijo que sufría del corazón y creo que sufrió un ataque mientras dormía. Fue una tragedia, no se hablaba de otra cosa.

—Qué interesante—dijo de pronto el inspector.

—¿Interesante? ¿Qué tiene de interesante?

—Que su prometida muriera de forma repentina cómo casi muere su nueva esposa.

—Bueno, pero fue hace años hombre no sé si ambos hechos estén relacionados. Nadie dijo nunca que la muerte de Sophia fuera sospechosa. Sus padres lo habrían dicho.

—¿Porque era enfermiza y sufría del corazón, pero y si alguien precipitó su final?

—Bueno, es arriesgado decir eso, pero en realidad puede ser...

Mientras conversaban sobre eso un criado les avisó de la llegada de sir Arthur.

—Encontramos al caballero inglés en una posada a doscientos metros de la estación. Dijo que tuvo que quedarse porque había perdido el tren y lleva varado varios días pues no consigue una diligencia que lo lleve. Hubo lluvia también.

—Oh qué interesante. Entonces ese caballero ha estado cerca estos días.

Ambos se miraron.

Tenían que investigar a ese hombre de inmediato. Saber cómo se hizo con la herencia de la señorita Trenton cuando era soltera. Podía tener una buena razón para querer asesinarla: celos, odio y también para encubrir sus maniobras clandestinas y sucias para robarle la herencia. Pensó que quizás que ahora tendría un marido rico querría recuperar su herencia y entonces....

Sir Arthur no parecía un hombre malvado ni tampoco violento ni de temperamento nervioso. Era un hombre de aspecto extranjero. ¿Gitano? ¿O español? Su tez era marcadamente oscura y sus ojos muy negros, como los del diablo. Sí, había algo inquietante y misterioso en ese sujeto, pero cuando se sentó en unos de los bancos del parque de la mansión para ser interrogado se mostró muy amable y cooperador.

Cuando supo de los sucesos trágicos en la fiesta de bodas y de que la vida de Evelyn Wallace corría peligro se puso tenso.

Cuando le preguntaron por su parentesco o relación con la dama Evie se tensó un poco más y al final se enfadó cuando lo acusaron de intentar asesinara.

—Pero eso es una locura, es un disparate. Jamás haría algo así. Oficial. Nunca. Yo amo a Evie, siempre la amé desde que la conocí cuando tenía quince años.

—¿Y por qué la encerró en su mansión y la mantuvo prisionera?

—Porque quería que fuera mía. Pensé que con el tiempo se rendiría, que comprendería que la vida que yo tenía para ofrecerle sería suficiente. ¿Soy un hombre muy rico inspector, pero tengo honor y jamás... yo no necesito robarle una herencia a una joven sabe? Pero el padre de Evie no era ese santo varón que todos creen. Era un necio y un ambicioso. Yo le advertí que ese negocio en las minas de Ópalo no era seguro, le dije que era arriesgado, pero él acrecentó su fortuna con negocios raros, y, además, fue estafado por uno de los socios de su fábrica. Nuestro único negocio era un emprendimiento para el progreso. Planeábamos invertir en un tren que sería más veloz y pequeño. Tengo pruebas de esto en mi oficina de Londres. Pero él no pudo cumplir su parte. Una noche vino a verme, fue poco antes de suicidarse mi amigo estaba desesperado porque su socio de la tienda lo había estafado y lo había perdido todo pues la cadena de ropa de mujer, la tienda de Londres llamadas Prestige era todo para él. Era su mayor fuente de ingresos y de lujos. Gastaba a manos llenas, era muy generoso con sus parientes pobres y también gustaba demasiado en fiestas para su esposa. En viajes. viajó mucho. Todo eso cuesta dinero, inspector, usted lo sabe. Pero yo no tomé nada de la herencia. Al contrario, pagué sus deudas para que la esposa y la hija de mi viejo amigo no quedaran en la calle.

—Y a cambio le pidió que fuera su esposa.

Sir Arthur apretó los labios con cautela.

—Necesitaba una esposa y pensé que Evie sería ideal. Es una joven dulce y bondadosa. Es como una rosa en flor. Yo estaba locamente enamorado, aunque sé que le doblaba la edad, me obsesioné con que fuera mía. Pero lo que yo digo es amor, inspector, un hombre enamorado ama y espera y en silencio con paciencia. Jamás hace daño a la joven que ama.

—Y qué sintió cuando supo que ella se había casado con otro faltando a la promesa de ser su esposa?

—Sentí que debía anular esa boda inspector, fue lo primero que pensé, que movería cielo y tierra para hacer lo que consideraba justo: esa boda no podía celebrarse porque yo era tutor de la joven.

—Y qué pasó cuando llegó a Gretna Green?

—Me dijeron que era inútil. Que ese matrimonio no podía deshacerse. Solo si el hombre se arrepentí y lo solicitaba.

—Y sabía que el joven Wallace no haría tal cosa.

El caballero tenía cara de amargura, pero todo el tiempo sus sentimientos parecían a flor de piel, no era un verdadero inglés.

—Y por qué regresó? ¿Por qué volvió a este pueblo y se quedó cerca de la mansión Wallace?

El hombre se quedó tieso. No parecía dispuesto a hablar de ello.

—Iba a llevármela inspector, estaba planeando raptar a lady Wallace. No iba a rendirme. Ella era mi prometida y debía ser mi esposa. Teníamos todo listo para la boda y hasta la había conquistado, la había convencido y de pronto desapareció.

—Vaya, pero algo salió mal y en vez de raptarla decidió asesinarla por celos.

Los ojos oscuros del caballero se volvieron muy grandes y más oscuros que nunca.

—Oh no inspector, le juro que jamás...y me horroriza pensar que alguien quiera hacerle daño a la dulce Evie. Es una joven buena, de corazón puro. Y yo no pude renunciar, por más que sabía que tenía esposo...sé que no estuvo bien lo que planee, pero estaba loco de celos y desesperado. No había manera de anular su boda.

—¿Y qué hizo entonces?

—Nada. Ya lo ve, me quedé en la posada.

—Pero planeaba hacer algo.

—Pues iba a hacerlo la noche del banquete, pero yo no sabía que la condesa había organizado una fiesta. Había demasiada gente aquí. Despertaría sospechas. Era imposible. Así que tuve que recapitular y regresar a mi escondite.

—Y esperar una oportunidad mejor.

—Bueno, ¿qué haría usted en mi lugar? Mi prometida me abandonó faltando a su palabra, a su promesa, yo pagué todas las deudas de su padre, fui el sostén de su familia, le di todo y no recibí nada. Estaba furioso y quería recuperar a Evie. Iba a llevármela. Ella me pertenece inspector, es mía.

—Sir Arthur. Lady Evelyn Trenton ya no le pertenece, nunca fue suya menos ahora que es la esposa del conde Wallace. Olvide eso o tendré que enviarlo a prisión. Una esposa le pertenece a su marido y Evie nunca llegó a convertirse en su esposa.

—Pero prometió hacerlo, firmó un documento. Puedo enseñárselo si quiere.

—Dudo que ese documento sea legal aquí, sir Arthur.

—Pues debería, me siento estafado. Ese niño escocés me robó a mi prometida sí, pero yo jamás le habría hecho daño. ¿Por qué querría hacer algo tan horrible? Soy un hombre enamorado inspector y me sentí muy desesperado. Pero le juro por lo más sagrado que yo jamás le habría hecho daño a ella.

—¿Y a Evan Wallace?

—Tampoco. Hombre. Por qué querría hacerle daño a ese escocés.

—Pero si algo le pasa a Evan entonces su rosa en flor quedaría libre.

—Pues le digo algo inspector, soy un caballero y un hombre de bien. No creo en las venganzas ni el odio. Y no me importa lo que tenga que esperar, voy a recuperar a Evie un día. Ella debió ser mi esposa. Yo sería mejor marido que ese caballero escocés.

—¿Y qué le hace pensar eso?

—Porque soy un hombre bueno, pregunte en mi país, pregunte a las personas y todos le dirán quién soy. Ellos confirmarán que soy un caballero de intachable reputación.

El alguacil lo miró.

—Pues le aconsejo que regrese a su país y deje en paz a la esposa del conde Wallace o deberé arrestarlo por intento de rapto. No quiero que se quede ni un día más en las Highland ni cerca de esta tierra.

—Pero han intentado matar a mi prometida. ¿Cree que puedo irme tan tranquilo? Además, usted no tiene autoridad para prohibirme estar aquí.

—Pero puedo presentar una denuncia por su confesión de intento de rapto hombre. Tengo testigos y usted dijo que se quedó porque planeó raptarla el día del banquete.

El caballero se rindió y se fue sin decir palabra.

Cuando se alejó el inspector dio órdenes a uno de sus agentes que vigilara a ese hombre.

—¿Crees que dijo la verdad? —preguntó el alguacil.

El inspector demoró en responder.

—Sí, lo hizo. Pero mejor será mantenerle vigilado pues ahora que sabe por qué lo llamamos y lo que pudo ocurrirle a su amada prometida querrá acercarse para salvarla de la maldad de esta casa.

—¿La maldad de esta casa dices? —dijo el alguacil.

—Es lo que he sentido desde el día que llegué alguacil. Hay algo escondido muy maligno. Mire esas flores venenosas cortadas para preparar una poción letal. ¿Imagina a uno de esos criados haciéndolo?

—Pues no.

—Pero uno de ellos lo hizo, quizás obedeciendo órdenes de alguien más. Alguien poderoso, con mucho dinero. Alguien que no quiso correr riesgos y que planeaba quitar a la joven esposa del medio rápido. Porque su boda era una molestia.

Ambos se miraron en silencio.

Sospechaban quién lo había hecho. Tenían firmes sospechas, pero no estaban muy seguros. Y sin embargo el testimonio de los criados resultó muy revelador.

—No creo que fuera ella, alguacil. Me niego a creerlo.

—Si no fue ella quién lo hizo? ¿Quién tenía una razón tan poderosa?

—Bueno, creo que faltan piezas a esta historia. No me convence esta solución, aunque parezca evidente, no estoy convencido todavía.

—Alguacil, olvide que conoce a la familia Wallace y que el difunto joven le tenía mucho aprecio. Hay un crimen que resolver, un asesinato y cuando hay un asesinato que resolver no hay amigos, no hay un no puede ser. Solo descubrir por qué lo hizo. Los caballeros también cometen crímenes y las damas también, pero al ser mujeres nadie cree que sean capaces. Y además hay cómplices, un criado lo hizo. Sobornado o forzado por nuestro asesino.

Ambos hombres guardaron silencio. Creían estar cerca de resolver el misterio, pero el agente tampoco estaba muy convencido.

ALGO MUY MALO ESTABA pasando y Evie saltó de la cama al oír la voz de su esposo.

—El doctor philips había llegado. Mi madre lo llamó, no se sentía bien anoche y hoy temprano... Mi madre está muy enferma Evie, comió algo ayer durante la cena y no ha dejado de vomitar. El inspector dice que...es demasiado horrible, pero al parecer alguien trató de envenenarla.

—Oh Evan, es horrible. No puede ser. Esto es... no puede ser.

—Tampoco puedo creerlo y al principio creí que era mentira. Dijeron que mi madre era delicada del estómago, pero no es verdad, puede comer lo que sea y jamás la he oído quejarse, pero esto...

Su esposo estaba asustado y nervioso a la vez.

—Cómo está ella ahora?

—NO lo sé, el doctor está dándole un brebaje para que pueda frenar los vómitos, pero no sé, dicen que está grave. Muy grave.

Evie pensó que nada podía ir peor. Eso era increíble. ¿Ahora habían intentado matar a su suegra, pero por qué? ¿Por qué rayos alguien haría eso?

—Evie, escucha, ven conmigo. No quiero dejarte sola aquí, no me siento seguro. En esta casa todo está de cabeza y ya no sé qué pensar.

—Pero no entiendo.

—Nos cambiaremos de habitación. Ya no confío en nadie. Esto es como una pesadilla de horror y muerte y ya nadie sabe quién será el siguiente. La vida de mi madre corre peligro, pero también la vuestra, preciosa. Debemos irnos de aquí. De inmediato. Empacaremos y nos mudaremos. Nadie nos retendrá aquí.

Evan llamó a Nelly para que juntara unas pocas pertenencias, pero cuando intentaron marcharse el inspector les detuvo.

Habló con Evan en privado. No podían irse ahora.

—Aquí estará a salvo, tengo a mis hombre en todos lados. Si se marcha ahora con su esposa ustedes serán los siguientes. Este asesino es cruel y tenaz y nada lo detendrá.

—Maldición agente. Llevan días aquí y no han atrapado a nadie, no tienen ni un sospechoso y uno de mis invitados es un asesino y está completamente loco.

—Aguarde unos días más, no se vaya. Su madre está muy grave, al menos aguarde. Nadie sabe si podrá sobrevivir.

Evan comprendió que tenía razón, no podía irse.

—Entonces dígame la verdad. Siento que usted sabe algo y esconde algo.

—Yo no escondo nada, pero creo que muchos aquí sí lo hacen. Sus sirvientes callan, señor, están asustados y todo el tiempo me preguntó por qué callan, por qué aquí todos tienen secretos porque si no sabemos la verdad nunca lo atraparemos. Usted también esconde algo, usted mintió conde Wallace.

—¿Qué dice? ¿Cómo se atreve?

—Usted dijo que no había tenido amoríos con ninguna criada ni ninguna joven presente aquí, pero tuve la sensación de que mentía por pudor pues su esposa estaba cerca. ¿O me equivoco?

Evan palideció.

—¿Dije la verdad, hombre, cree que sería tan ruin de aprovecharme de una criada?

—Pero ellas le miran con amor y devoción. Desde hace tiempo. Y estaban celosas de su interés en la señorita Evelyn entonces.

—Pues si es así, lo ignoraba. ¿Qué hicieron a mi esposa? Dice usted que estaban celosas, pero no me dice quién.

—Usted lo sabe.

Evan se movió inquieto, acorralado.

—No es lo que cree inspector, no me mire así yo no acostumbro buscar criadas. Siempre he seguido lo que mi padre me enseñó. Las criados se respetan siempre, por más guapas que sean.

—Excepto la señorita Evie Stuart.

—Es verdad... pero ella era una dama inspector, era hermosa y delicada. Nunca conocí a una mujer así.

—Por eso decidió conquistarla.

Él asintió.

—Es verdad, quería que fuera mía, aunque supiera que mi padre estaría furioso de que lo hiciera.

—Y no solo su padre, alguien más aquí. Una criada que usted rechazó y que todos saben lo amaba en silencio.

Evan pareció confundido.

—No puede culparla a ella, es una joven buena.

—Pero está enamorada de usted de forma platónica, y ella vio cómo usted buscaba a la dama de compañía que además de guapa era inglesa. Y la criada en cuestión decidió espantar a Evie usando el truco del cuadro. Haciendo que sintiera pasos en mitad de la noche. Dejó los vestidos de su antigua novia y hasta su diario.

—Eso no puede ser.

—Y además quiso hacerle creer a la dama de compañía, a su esposa actual, que usted era un joven picaflor, mujeriego y que nunca se casaría con ella.

Evan sabía quién era.

—Nelly. Nelly Ashton.

—Sabe quién es. Cree que ella sería capaz de cometer un crimen al saberse rechazada por usted. ¿Al ver que finalmente había desposado a una criada en vez de a ella? Si hubiera escogido a una dama de alcurnia no se habría enfadado tanto.

—OH no inspector. Eso es absurdo. ¿Está seguro de que ella hizo todo eso?

—Sí, ella lo confesó. Quería asustar a la señorita y los sustos aumentaron cuando notó que usted la seguía y espiaba y estaba loco por ella. Pensó que sería una aventura más, y que luego la olvidaría o la haría su amante un tiempo. Pero cuando se casó con ella todo cambió. Estaba furiosa. Esa joven realmente lo ama señor Wallace.

—Pero yo jamás la toqué inspector, se lo juro. ¿Nunca le di a entender que...dios mío, entonces fue ella quien sirvió esa copa con veneno?

—Eso solo lo sabe usted.

—Por qué dice eso inspector?

—Durmió con Nelly? Una mujer enamorada suele hacer locuras, pudo meterse en su habitación y tratar de seducirlo.

—Ohno, ¿cómo cree? Jamás. Le dije que nunca toqué a una criada y no le mentí.

—Pero hay algo que no me ha contado verdad?

—¿A qué se refiere, de qué habla?

—Me refiero a su madre señor Wallace. A las discusiones que tuvo que en ella cuando comenzó a interesarse en su dama de compañía.

—¿Bueno, si ya lo sabe por qué me pregunta? Mi madre estaba molesta.

—Su madre estaba más que molesta. Amenazó con desheredarle y cuando supo que se había fugado con la señorita Stuart llamó a su abogado para cambiar su testamento.

Evan se mostró sorprendido.

—No lo sabía. Bueno, está en su derecho de enfadarse.

—Y por qué peleaban tanto señor Wallace?

—Porque ella quería que me casara con una dama escocesa de noble cuna. Hizo fiestas con ese fin. Quería que me casara y no me dejaba en paz. Pretendía escogerme esposa.

—Y usted se negaba.

—Así es. Quería a Evie y había decidido que la desposaría. Siempre he creído que las bodas concertadas son algo anticuado y cruel. Pero escuche, alguien ha envenado a mi madre. ¿No pensará que soy sospechoso verdad? Está loco.

—No pienso nada por ahora, solo hago preguntas y saco conclusiones. Creo que evitó nombrar a alguien en esta historia. A cierta dama con la que querían casarlo.

Evan se sonrojó incómodo.

—Usted ya lo sabe supongo.

—Y por qué rechazó a la hermosa señorita Agnes? Ustedes tuvieron un romance hace tiempo.

—Sí, es verdad, pero yo estaba triste porque acababa de perder a mi prometida y ella me recordaba a Sophia, inspector. Por eso. Pero nunca le prometí matrimonio. Solo fue una amistad en realidad. Y cuando mi madre lo supo, tiempo después pensó que debía casarme con ella. Comenzó a perseguirme a obsesionarse. No entendía por qué pues la señorita Agnes parecía la candidata perfecta además... la pobre quedó sola cuidando a su madre enferma. Es una parienta pobre de la familia, mi madre siempre las ayudó pues la señora Celia quedó viuda joven y sin mucho dinero.

—Así que su madre quería mucho esa boda.

—Sí.

—Y rechazaba de plano su boda con lady Evelyn.

—Me temo que sí.

—Pues tengo algo que decirle joven Wallace. Su madre también hizo algo para impedir la boda, ella buscó a sir Arthur para que él reclamara a lady Evie. No llegó a tiempo el mensaje. Pero su madre recibió el diario de entonces su prometida y lo leyó, Nelly se lo dio.

Evan se quedó tieso. Su madre había negado tener participación en eso.

—No creí que lo hiciera inspector, ella lo negó todo... dijo que el diario llegó a sus manos de casualidad, pero no hizo nada. ¿Cómo lo supo?

—Bueno, Nelly confesó todo. Y nos aclaró algunos puntos. Ahora debemos esperar a que nos diga el resto de la verdad.

—Nelly no lo hizo inspector, no puede ser ella fue criada aquí, toda su familia trabaja en esta mansión y son buenas personas.

—Nelly sabe algo más, por eso hemos decidido dejarla encerrada y custodiada hasta que el peligro pase.

—¿A qué se refiere?

—A que su doncella sabe quién pudo ponerle veneno a su esposa, pero está demasiado asustada para hablar. Teme por su vida. Durante mucho tiempo esa joven se ha tragado los secretos de esta casa. Y me pregunto si también sabe un secreto de usted. Porque luego de investigar he descubierto que al parecer su primera novia murió en extrañas circunstancias.

Evan tragó saliva.

—Sophia?

—Sophia MacAlyster.

—Pero ella murió por su corazón, un doctor lo dijo.

—Pero ella estuvo aquí antes de su fiesta de compromiso y tuvo alucinaciones, dijo haber visto criaturas horribles y luego al fantasma de la novia de la mansión. La novia abandonada. Una vieja leyenda de la que habrá oído hablar.

—Nunca me lo contó.

—Lo escribió en su diario. Que luego leyó su esposa.

—Y qué escribió en ese diario?

—NO puedo darle más detalles porque el diario ha desaparecido. Solo le diré que el veneno que se usó para matar a la señora Merton contenía belladona, y que en pocas cantidades provoca alucinaciones, pero con unas bayas causa la muerte.

—Pero eso es horrible, por qué nadie dijo nada...

—Hemos hablado con los padres de su anterior prometida esta mañana. Ellos dijeron que tuvieron sospechas, que intentaron hablar con su padre, pero él pensó que la joven había tenido pesadillas. Sophia les habló de las visiones y de que se había estado sintiendo mal poco antes de morir. El médico no notó nada extraño porque la joven no tenía buena salud y sufría del corazón y este se detuvo de repente. Murió mientras dormía.

—¿Quiere decir que mi novia fue asesinada?

—Tenemos fuertes sospechas. Porque la historia que leyó su esposa en el diario de Sophia parecía haber tenido las mismas bromas cuando llegó aquí. Y todo se refería a usted señor Wallace. Por eso le preguntamos por sus relaciones amorosas antes de su boda.

—Cree que una mujer puede estar tan celosa y tan desquiciada de hacer esto? Inspector, he tenido muchas aventuras, pero siempre fui honesto y sincero. Nunca seduje a una joven con la promesa de matrimonio.

—Está seguro de eso?

—Por supuesto.

—Señor Wallace, la vida de su esposa corre peligro, y ahora su madre está grave por un asesino cruel e implacable que al parecer busca venganza contra usted y toda su familia. Si no es una amante furiosa y vengativa como asegura, entonces debe pensar qué pariente se beneficiaría con la muerte de su madre o la de su esposa.

Evan pensó un momento.

—Muchos se beneficiarían inspector. ¿Pero eso no significa que sean capaces... ha interrogado usted a sir Arthur?

—Sí, ya lo hicimos. No hay pruebas que lo incriminen de alguna forma, aunque debe usted estar en guardia, tenía en mente secuestrar a su esposa.

Evan montó en cólera.

—¿Lo ve? Ese sucio malnacido estafador inglés. Él pudo tener motivos.

—No, no los tenía. Parecía sincero. Ama locamente a su esposa y cree que en el futuro o sueña que en un futuro podrá recuperarla.

—Pues nunca lo hará.

—Pero no estaba aquí en los tiempos de Sophia, ¿verdad? Debemos recordar qué pasó entonces. Porque esto tiene mucho que ver con usted señor Wallace.

Evan se sintió desesperado.

—NO creo que ninguna de las mujeres, de mis conquistas inspector tenga ese grado de locura.

—¿Y la señorita Agnes? Dijo que tuvo usted un romance con esa joven.

Evan se sintió incómodo.

—Solo fue una amistad, no tuvimos un romance. Ella fue una amiga en un momento difícil de mi vida, pero luego al ver que estaba lastimándola di por finalizada nuestra amistad y me alejé.

—¿Ella estaba enamorada de usted?

Evan asintió.

—¿Y tuvieron algo más que una amistad?

—OH claro que no, ¿qué dice? La señorita Agnes es un joven educada y honesta. Y yo jamás habría intentado algo más sabiendo que ella ...

—¿Que ella?

—Ella es parienta de mi madre y la conozco desde niña inspector. De niños jugábamos al escondite con mi hermano. Solo charlábamos y dábamos paseos a caballo. Fue una amiga en realidad. ¿Pero qué tiene que ver esto inspector? ¿Es que deberé rendir cuentas de todo lo que hice luego de perder a mi prometida o antes de esto?

—Solo quería salir de dudas. Por supuesto que no hay razones para desconfiar de la señorita Agnes. Se nota su bondad y abnegación. Solo debemos descartar dudas pues ella estuvo en esta fiesta y no había entendido bien qué clase de amistad tenían.

—Solo una vieja amistad, nada más.

—Muy bien, no se enfade. A veces es necesario hacer preguntas desagradables para llegar a la verdad.

De pronto Evan se tensó.

—Inspector aguarde, creo que no le conté algo que pasó hace tiempo. Lo siento, pero si mi esposa corre peligro por esto...

Entonces Evan le dijo toda la verdad al inspector.

—Y por qué no me dijo nada d esto hombre?

—Porque juré que no diría nada. No podía hacerlo. Se lo prometí a mi madre señor inspector y a ella...

—Y cuánto tiempo duró su aventura joven Wallace.

—Fueron meses, casi un año. Pero solo era una necesidad física, nunca hubo promesas ni nada. Nunca ilusioné a esa muchacha, se lo juro. Y ella así lo entendió porque nunca hubo celos ni exigencias ni tonterías, pero mi madre se enteró y se enfureció. Fue eso. Alguien le contó a mi madre. Y ella se molestó mucho conmigo. Pensaba que debía casarme con esa joven de inmediato.

—Y por qué no obedeció usted?

—Porque soy un hombre romántico inspector, no podría casarme por deber u obligación. ¿Cree que es justo que un hombre se case con una dama solo por haberle quitado la virginidad? Yo no sabía que ella era virgen, ella vino a mí, me buscó... no parecía tímida ni tampoco tenía miedo.

—Pero luego supo la verdad.

—Había bebido inspector, estaba triste por haber perdido a Sophia, amaba a Sophia y luego me sentí pésimo. Pero ella no me dijo nada. Sabía que no podía volver a pasar, que era peligroso, pero fue ella quién me buscó. Quería estar conmigo. Dijo que ya no era una niña, que era una mujer y quería tener una vida distinta. No tenía en mente casarse ni ser entregada a un buen partido como le decía su madre constantemente. No la dejaba en paz. Como a mí supongo.

—Entonces siguieron su aventura.

—Pero no era siempre, solo de forma esporádica. Cuando ella visitaba la mansión con su madre.

—ella lo buscaba supongo. Se metía en su cuarto.

Evan tragó saliva.

—Cómo rayos lo sabe inspector? Cómo supo todo esto. ¿Quién se lo contó? O solo lo imaginó.

—Nelly los vio joven Wallace. ¿Ella lo ama en secreto, se olvida de ese detalle? Ella siempre sabía lo que hacía usted y vio a esa joven meterse en su habitación y actuar como una ramera.

—OH dios mío, esa joven está loca. Realmente... me espiaba en mi intimidad. Eso es enfermizo.

—Bueno, ella tenía sus motivos para confesar lo que había visto. Sé que es desagradable, pero Nelly tenía sus razones.

—Sus razones? Pues no creo que sea buena idea mantenerla en eta casa inspector. Saber que hizo eso...

—Nelly tuvo sus razones para espiarle. Pero no se enfade, creo empezar a entender mejor este laberinto interminable. En tanto regrese con su esposa y no se aparte de su lado.

—Y usted mantenga encerrada a Nelly pues creo que es una loca peligrosa.

—Pues ella nos ha sido muy útil para resolver este misterio, así que no la odie tanto. A veces las personas más molestas tienen un protagonismo inesperado...

LA CONDESA SE RECUPERÓ días después y pudo hablar con los agentes sobre lo ocurrido ese día, el día que comenzó a sentirse indispuesta.

—Creo que fue el té, el té sabía raro, como amargo.

—Pero no había ninguna taza de té aquí cuando llegamos señora—dijo el doctor Philips que la observaba preocupado.

La dama estaba más recuperada pero todavía débil por los vómitos que había sufrido. Al menos parecía estar fuera de peligro.

—Pero fue luego de beber un té, lo recuerdo bien.

El agente se acercó para interrogarla sobre el testamento.

—Quería dejarle un legado a mi sobrina Agnes, para ayudarla. Se lo había prometido a su madre y, además. Era lo correcto.

—Por qué se sentía en deuda con su sobrina?

—Bueno es que yo le prometí que convencería a mi hijo de casarse con ella, pero no pude, no pude... mi hijo se negó una y otra vez. Por más que era su deber moral.

El inspector insistió en saber la razón, pero la dama no quiso decir una palabra al respecto.

—¿Como supo usted de las andanzas de su hijo con la hija de su parienta, lady Catherine?

Era una pregunta muy poco delicada ciertamente.

—Nelly me lo contó, ella los vio y luego la pobre Agnes vino y me dijo lo que había pasado. Se culpó de ello, pero yo supe que mi hijo debía desposarla de inmediato.

—Pero llegó la bella dama de compañía y arruinó sus planes casamenteros supongo.

La dama se sonrojó.

—No pensé que mi hijo quisiera casarse con ella, pero le pedí a Nelly que la vigilara. Pero la joven no era una criada más, era una damita inglesa muy astuta que logró seducir a mi hijo, que lo enamoró y no es para menos. Es muy hermosa. Pero Evan tenía que casarse con mi sobrina inspector, era lo correcto.

—Por eso discutieron?

—Sí.

—¿Y trató usted de separarlos de alejar a la señorita inglesa de la mansión?

La condesa asintió.

—Pensé que sería una aventura, por eso no me preocupé al principio. Cuando supe que mi hijo estaba obsesionado con ella y que la joven lo ignoraba comprendí su juego. Esa jovencita sabía cómo atrapar un hombre y me imaginé que planeaba llevárselo al altar y me enfurecí. Nelly me contaba contado, pero cuando leí el diario supe que debía actuar con rapidez y le avisé a sir Arthur que su prometida estaba allí. Estaba furiosa. Esa joven nos había engañado a todos. Era la hija de un lord empobrecido, pero tenía sangre noble. Era una aristócrata. Una lady. Eso me enfadó bastante.

—Pero no pudo hacer que el caballero inglés llegara a tiempo.

—ES que mi hijo descubrió el diario y se imaginó lo que yo haría inspector y se la llevó y la convirtió en su esposa. Jamás pensé que llegaría tan lejos, no creí que ella lo hubiera enamorado en tan poco tiempo. Fue muy astuta. Pero yo jamás le habría hecho daño. Perdí la batalla y reconocí mi derrota, ahora solo debía tratar de adaptarme a la nueva situación. Por eso organicé el banquete, para que todos supieran que mi hijo tenía una esposa y ella era lady Evie Trenton.

Todos escucharon su testimonio.

—¿Y logró modificar su testamento, lady Catherine?

—No.

—Pero amenazó a su hijo con desheredarle y dejar toda su fortuna a la caridad.

—Señor alguacil, solo me queda Evan y ahora tiene una esposa ellos son mi familia ahora. Jamás haría algo para perjudicarle. Es cierto que peleamos, y que lo amenacé, pero sabía que a él no le importaría. Mi hijo nunca fue ambicioso ama esta casa es verdad, ama esta tierra, pero no le afectaba el destino de mi herencia.

—Y habló con la señorita Sophia sobre sus planes de incluirla en su testamento?

—Esperaba que fuera la esposa de mi hijo un día y por supuesto que la incluí, le dejé un legado, pero mi fortuna será de mi cuando muera.

Se hizo un extraño silencio en el cual la dama descansó y bebió agua fría. Todavía estaba muy débil y pálida.

El alguacil le hizo un gesto de que había sido suficiente, que debían dejarla descansar, pero el inspector parecía dudar.

—¿Y sospecha de alguien en esta casa con motivos suficientes para querer envenenar a su nuera, lady Catherine?

La dama se escandalizó ante esa pregunta.

—OH no...me cuesta creer que alguien quisiera hacerle daño. A menos que fuera su antiguo pretendiente que al verse abandonado. Pero tampoco podría acusarle.

—Pero alguien lo hizo, una persona fue asesinada en esta casa y usted también. Hubo un intento de asesinarla.

Ella lo negó de plano. No podía ser, ¿quién haría algo tan horrible?

—Tiene enemigos lady Catherine?

—Claro que no.

—Bueno, no tenemos más preguntas. La dejaremos descansar, lady Catherine y agradecemos mucho su tiempo.

Cuando se alejaron sabían que tenían el misterio resuelto. Pero necesitaban reunir a todos los invitados de la fiesta, los pocos que quedaban pues lentamente habían sido liberados los que no eran sospechosos.

—Bueno, ya podemos reunir a todos y que se termine el juego de nuestro asesino—dijo el inspector.

ESA MISMA TARDE EL alguacil reunió a los invitados más cercanos y también a varios criados y a sus hombres para que rodearon el círculo. Había un anuncio importante que hacer y allí estaban todos esperando impacientes.

—Señores, los reuní hoy para anunciar que he resuelto el misterio de la mansión Wallace. Temo que se cometieron casi tres crímenes y no uno como pensé al comienzo. Pero les explicaré esto haciendo un racconto de lo que lo ocurrió hace más de tres años cuando el joven heredero estaba decidido a desposar a su prometida, la señorita Sophia MacAlyster en contra de la voluntad de sus padres. Pues la joven, aunque era de muy buena familia tenía muy poca salud y esto disgustaba a sus padres profundamente. En especial a lady Catherine pues creía que esa joven no tenía salud y no podría darle herederos a su hijo.

Una tragedia había ocurrido dos años atrás y fue la muerte de Angus Wallace, el primogénito del conde Erasmus Wallace, hoy fallecido.

Era necesario que Evan se casara pronto pues era hijo único y su padre estaba delicado del corazón. Pero él no lo sabía... fue su madre quién le dijo que debía cumplir con su deber y para eso le buscó una joven adecuada. Pero él cambió de idea cuando conoció a Sophia en una fiesta. Fue un romance bonito pero fugaz. Ambas familias se oponían a esa boda, pero por distintas razones.

Sophia sufría problemas en los huesos, y también tenía problemas pulmonares que afectaron su corazón a raíz de una enfermedad que padeció en su infancia pues así me lo dijeron sus padres cuando los visité.

Sabían que su hija no viviría mucho y por eso quisieron cumplir su último deseo, el sueño de casarse con el joven que amaba.

Lady Catherine no estaba contenta con ese compromiso, pero invitó a Sophia y a sus padres a una fiesta en la mansión. La joven estaba muy feliz pero cuando estuvo aquí vio al fantasma de la novia abandonada, una vieja leyenda que cuentan los criados y se asustó mucho. Su corazón latió desbocado, pero resistió y pensó que quizás lo imaginó, pero luego hubo otro episodio. Oía pasos acercarse y hasta una dama cantando en la mitad de la noche.

Luego llegó la fiesta de compromiso y luego del brindis la joven se mostró indispuesta. Pero como era delicada de salud a nadie le sorprendió. Sin embargo, falleció días después luego de sufrir vómitos durante días. Su corazón dejó de latir. Pensaron que su hora había llegado, pero algo sorprendió a sus padres. Sophia no solía padecer vómitos y estuvo días así, sintiéndose mal y viendo cosas que no estaban allí.

Pues me temo que la muerte de la joven dejó muy devastados a sus padres y ellos no tuvieron ánimo de investigar. Pero algo los dejó inquietos.

No solo ellos quedaron devastados, también su prometido Evan Wallace aquí presente.

Nadie pensó entonces que hubiera nada raro en esa muerte, sin embargo, luego de investigar creo que sí lo hubo.

Alguien se acercó a consolar al novio triste y desamparado.

Y fue la señorita Agnes MacInner. Aquí presente.

Agnes se puso pálida de la vergüenza cuando la involucraron en esa historia.

—Inspector, eso es una vil calumnia. Jamás me aproveché de la tristeza de Evan, solo le ofrecí mi amistad.

—Por favor siéntese, déjeme terminar señorita MacInner. Lamento tener que revelar asuntos privados, pero todo tiene una razón.

—Pero es mentira, no sé quién le dijo eso, pero es mentira.

El inspector sonrió

—Tal vez. Pero en esta historia hay otras mentiras más trascendentes. Todos mintieron y ocultaron algún hecho importante, pero comprendo que lo hicieron porque ciertos asuntos son privados y no deben salirse a la luz. Pero el señor Wallace me confirmó que tuvo un amorío con usted señorita Agnes. Un amorío que fue propiciado por lady Catherine que siempre quiso que se convirtiera en su nuera.

—¿Un amorío? ¡No fue un amorío!

—Para él solo fue una aventura señorita, para usted fue mucho más. Usted quería ser su esposa, se moría por ser la nueva condesa Wallace y es la única persona aquí presente que tiene razones suficientes para haber matado a Sophia y luego intentar matar a lady Evelyn.

—Oh está usted loco por supuesto. ¿Está tratando de culparme de haber matado a esa pobre joven?

—Acaso lo niega?

—Por supuesto que sí.

Pero Agnes estaba nerviosa, ella que solía ser tan tranquila y mesurada estaba temblando y se puso lívida.

—Pero tenemos un testigo de sus andanzas, un testigo que la vio vestirse de novia con un traje que encontró en un baúl de disfraces y asustar a Sophia. También se metió en su habitación en varias ocasiones para revolver sus cosas. Sabía que Sophia escribía un diario y lo tomó para leer su contenido y luego lo devolvió. Supo que la pobre sufría del corazón y buscó un veneno de su huerto que sirviera para eso. Le dio dedalera en pequeñas dosis. Se lo puso en su tónico ese que bebía todas las noches.

Y luego cuando llegó la fiesta del compromiso la joven estaba tan enferma que se desplomó y murió días después.

—Eso es absurdo. Yo no lo hice. Está inventando todo. Trata de culparme porque quiere perjudicarme. ¿Por qué haría daño Sophia? ¿Si sabía que moriría en poco tiempo? Todos lo sabían. Está loco.

—Pero usted estaba loca de celos. Siempre soñó con ser la dama de esta mansión, la condesa Wallace. Desde pequeña su madre y luego su tía le dijeron que sería la esposa perfecta para el heredero. La idea era casarla con Angus, pero como él sufrió un accidente Evan Wallace se convirtió en el heredero. Así que se propuso conquistarlo. Y fue muy hábil al acercarse a él para consolarlo de su tristeza. Le hizo creer que no buscaba ser su esposa, solo su amiga, pero se metió en su cuarto y luego de entregarse a él durante meses como él no quiso casarse con usted habló con su madre. Le contó lo que había sucedido entre ambos. Lady Catherine se horrorizó y habló con su hijo. Él debía casarse con usted y reparar el daño que le había causado. Pero Evan se negó. Acababa de perder a Sophia y dijo que nunca más se casaría. Además, supongo que se sintió atrapado y embaucado. Usted era tan dulce y comprensiva. Tan gentil, pero usted tiene un corazón frío señorita MacInner. Usted siempre quiso esta casa, es la casa lo que la obsesiona y Evan es una forma de llegar a ella. A una vida que perdió luego de morir su padre que solo dejó deudas y una madre enferma que cuidar. Usted se ha pasado la vida cuidando a su madre. Está furiosa y resentida y solo quiere escapar, como quería la pobre Sophia. Usted quería una vida mejor y tembló de furia cuando se enteró que el heredero se había fugado con la dama de compañía de su madre. No lo podía creer. Su espía jamás le dijo lo que planeaba hacer Evan. Fue toda una sorpresa.

—Mi espía? ¿De qué habla?

En todo momento la joven se mantuvo muy tranquila y fría, controlada, pero de pronto algo cambió en sus ojos grises, en su rostro hermoso y rosado. ¿Una leve mueca de vacilación o temor?

Evie la miró y notó que no era la misma señorita Agnes de siempre, no había nada bello ni amable en su rostro. La mirada que le dirigió era de fría ira, de furia contenida.

—Esa maldita golfa inglesa fue tan astuta. ¿Quién lo iba a creer? Ni siquiera es guapa y no sé por qué Evan se fijó en ella. Pero lo volvió loco y la maldita zorra no me avisó, no me avisó.

—Nelly dejó de prestarle servicios luego de comprender que Evan estaba interesado en la criada y no en usted. La obsesión de Nelly era Evan Wallace porque lo amaba en secreto, pero ella nunca habría hecho nada para hacerle daño a Sophia. Y no le gustó que se metiera en su habitación como una vulgar ramera y luego le dijera a lady Catherine que su hijo la había embriagada para robarle su virginidad. Se alejó de su influencia y usted se confió en que atraparía a Evan Wallace. Creía que estaba cerca de hacerlo pues su tía le dijo que iba a desheredarlo si no se acababa con usted de inmediato. Y que la nombraría su heredera. Era su jugada, lo que usted tanto quería. El dinero. Evan Wallace era solo un objeto más para lograr sus fines. Todo sería suyo de todas formas. Y sin embargo sufría, porque no soportaba que una simple criada de categoría ocupara su lugar y tuviera todo lo que debía ser suyo: esta mansión y sus tierras. Las que siempre la han fascinado. Usted pasó muchos veranos aquí señorita, mucho tiempo de su vida.

—Usted no tiene idea lo que es ser siempre la parienta pobre de la familia, usted no sabe ser tratada con frialdad y condescendencia, sentir que se ríen de una y que siempre, siempre debes usar los vestidos usados de tus primas y parientas que luego debes remendar porque todas son unas vacas gordas con mucho dinero. Jamás te invitan a sus fiestas, solo a sus bodas para que seas testigo de su triunfo. Su triunfo que es tu pena, tu condena. Por haber nacido pobre. Como si fueran mejores que una... yo era la más hermosa pero los hombres preferían a mis primas gordas y feas, por su dinero, por su dote, solo por eso. Luego las engañaban con otras mujeres y las muy bobas creían que eso no era importante.

Y luego ni siquiera te invitan a las fiestas para que no les hagas sombra, solo te invitan a los funerales, a los horribles funerales a los que los pobres son invitados para luego digan que había mucha gente. Esas son nuestras fiestas... Y luego mi tía me lo prometió, dijo que mi suerte cambiaría, ella hizo todo para ayudarme. Es verdad...

—Entonces solo le quedaba vengarse, vengarse de todos y también de su tía.

Agnes calló.

—Yo no hice nada oficial, se equivoca. Yo no maté a nadie. Y usted solo me acusa por ser pobre y por no tener un esposo rico. Mi tía odiaba a esa criada mucho más que yo, estaba furiosa y se sentía terriblemente por ver a su hijo casado con una insípida inglesa sin fortuna que además había huido de un prometido. Ella envió a buscar de inmediato a su prometido. No fui yo quien lo hizo, me lo confesó todo. Lady Catherine quiso deshacerse de Sophia, estaba furiosa y la aterraba pensar que tendría nietos enanos y enfermos. Ella envió a Meg a asustar a Sophia y como no lo consiguió seguramente la envenenó. Usted no conoce a la verdadera condesa Wallace. Ella odia a los ingleses para empezar, los aborrece. ¿Cree que ella aceptaría muy tranquila que su único hijo la desafiara y se burlara de su autoridad? Mi tía es una dama orgullosa de su sangre escocesa, y de su linaje y jamás habría permitido esa boda.

—Su tía no lo hizo. Fue usted señorita. Tenemos pruebas, tenemos testigos y además sabemos que no fue invitada al banquete. ¿Por qué vino entonces? Y aunque no podremos acusarla del crimen de la señorita Sophia, sí la acusaremos de intentar envenenar a lady Wallace y a su tía pues fue usted quien le acercó la taza de té, una criada la vio hacerlo y luego la misteriosa taza de té desapareció y vaya... estaba hecha añicos en su habitación que hemos registrado hace un momento. Las pruebas se acumulan señorita y el testimonio de Nelly será muy valioso para que confiese.

—Y qué tiene esa pequeña imbécil para decir? ¿Quién le creerá a una sirvienta?

—Pues ella fue testigo de ciertos hechos que la comprometen en esta historia y me consta que solo usted tenía suficientes motivos para querer vengarse de Evan y de su tía lady Catherine por no haber logrado que su hijo se casara con usted. Oh, sí, usted está llena de odio y resentimiento, pero sabe ocultarlo tras esa máscara de falsa dulzura y fría calma. Usted lo hizo y deberá confesar la verdad pues tengo testigos que dirán la verdad. La forma en que sobornó a los criados para asustar a la señorita Evie cuando era dama de compañía y también el testimonio de la criada que la vio a usted en la habitación cuando lady Catherine fue envenenada, usted puso algo en su té y algo más... hemos estado en su casa, en Osbourne house. Allí descubrimos un precioso huerto con un montón de hierbas medicinales y muchas de las venenosas. No podrá escapar. Esta vez hay testigos y yo demostraré que usted lo hizo señorita.

—Usted está loco, no tiene pruebas. No se atreva a tocarme, soy una señorita de buena familia.

—Hasta las señoritas más encumbradas pueden cometer crímenes y presentaré todas las pruebas.

La madre de Agnes miró a su hija horrorizada sin decir palabra. Antes había intentado hablar defenderla, pero ahora no se atrevió a decir nada.

Fue una escena penosa. Pero al final lograron controlar la situación y Agnes fue amarrada y llevada por el alguacil y sus oficiales finalmente abandonaron la mansión Wallace deseando una pronta recuperación a la condesa.

Al fin se había develado el misterio, pero luego de comprender lo que había pasado Evelyn pensó en el horrible destino de Sophia y la señora Merton que murió en su lugar y se sintió terrible.

Jamás pensó que su esposo hubiera estado involucrado con Agnes, ni que todo hubiera sido por la bendita herencia.

Todo era por dinero. ¿Pero cómo quedarían sus vidas ahora? ¿Cómo podrían seguir adelante en esa mansión donde habían ocurrido cosas tan terribles?

Evan la abrazó y se la llevó a dar un paseo, lo necesitaban. Él también estaba muy afectado.

Primero se enteraba de que su novia anterior había sido asesinada y luego que su parienta lejana había intentado matar a su madre... era demasiado.

—Lo siento Evie, lo siento tanto. Jamás debí involucrarme con esa mujer. Me embaucó supongo. Estaba triste y yo estaba ebrio esa noche, por eso pasó y luego... solo fueron unas veces. No sentía nada por ella, sabía que estaba mal pero entonces solo me iba detrás de todas las faldas. Quería olvidar.

—Evan, no debéis culparte por todo esto. Nadie pudo imaginar este horror, pensar que estuvo siempre aquí, que era tan amable y yo me preguntaba por qué no la desposabas pues siempre pensé que era muy hermosa.

—Me sentía vacío entonces, triste y vacío, no quería amar a nadie y creo que era una amiga, una parienta con la que dormía. No le presté atención, ni siquiera pensé nada y además... escucha. Yo no le robé su virginidad como ella dijo a mi madre. Mi madre me reclamó que un hombre debía desposar a una mujer si le robaba la virtud. Pero ella no llegó a mí pura. No tenía el deber de casarme. Yo nunca le prometí casamiento, además, ella vino a mí.

—Está bien, no importa no es tu culpa...todo esto es terrible y de no haber sido por Nelly jamás lo habríamos sabido. Ella fue muy valiente al contarlo que sabía. Imagino lo asustada que estaba.

—Es verdad. Pero me siento mal por todo, creo que nos engañó a todos. Mi madre la apreciaba tanto, hizo tanto por ella y ella solo quería quedarse con todo. Jamás imaginé que fuera tan despiadada y ambiciosa. Tan malvada. Tengo la sensación de que todo esto es un mal sueño.

—También yo... vaya, no lo puedo creer, caminamos libremente sin tener a esos oficiales invadiendo cada rincón de la casa.

Era verdad, pero no dejaba de pensar en el triste destino de Sophia, en que casi ella sigue la misma suerte y en lady Catherine que pudo morir por ese veneno. A su propia tía que hizo tanto por ella, ¿cómo es que estaba tan resentida por eso? Hasta había querido culparla de todo.

Evie lloró mucho ese día y los siguientes, se quedó triste. Lo único bueno que al menos había salvado su vida y también lady Catherine.

Pero la condesa también quedó devastada, la vio tan envejecida de repente, triste, vencida cuando fue a visitarla ese día.

—Perdóname Evie... todo esto ha sido mi culpa—le dijo de repente.

—OH eso no es cierto. Gracias a Dios que está viva lady Catherine. Pudo morir, cuando pienso en eso siento tanto horror.

—Y yo hija mía. Jamás imaginé... nunca creí que Agnes tuviera el corazón tan negro, hija mía. Os lo juro. Siempre traté de ayudarla, de que tuviera lo mejor. Sabía que su padre les había dejado muy poco dinero y siempre conseguía que mi familia ayudara a la pobre viuda. Hice mucho por ella, trataba de que fuera feliz... Yo creía que lo correcto era que se casaran, pero mi hijo no la quiso entonces y yo cometí muchas tonterías. Estuve tan ciega... mi prima está muy triste, ella no sabe cómo crio semejante demonio, Evie. No lo entiende. Se culpa tanto... dice que la consintió demasiado. Ahora no saben qué pasará con ella, cometió dos crímenes y además deberá responder por dos intentos de homicidio. Dicen que no escapará a la horca. Y su pobre madre está desesperada...

Evie sintió que se le retorcía la barriga al pensar en palabras de compasión por Agnes. Ella no tenía perdón. Era un demonio encarnado. ¿Loca de celos primero por Sophia y luego acaso se habría dedicado a matar a todas las esposas de Evan?

—Evan nunca la quiso, lady Catherine, nunca quiso a Agnes. Pero ella estaba obsesionada con mi marido desde muy joven al parecer. Siempre soñó con ser su esposa porque ambicionaba vivir aquí y tener todo esto y cuando vio que ya no podría tenerlo solo pensó en vengarse. Por más que supiera que él no la quería... creo que planeaba destruirnos a todos y casi lo consigue.

Evelyn sintió que ya no podría ocultar más sus sentimientos, estaba furiosa y triste por todo lo que había pasado. Y sabía que lady Catherine tenía parte de culpa en toda esa tragedia por querer mandar en el corazón de su hijo y forzarlo a una boda que no quería y pensó que ella lo sabía y ahora debería vivir con ello el resto de su vida.

—Evie y quiero decirte que fui engañada, embaucada, que ella se aprovechó de mi cariño y, además. no es cierto lo que dijo. Yo no odio a los ingleses. Qué tontería tan grande. Y no te odio a ti por supuesto, solo quise que mi hijo cumpliera con esa joven porque ella me engañó dijo que él la había embriagado y luego supe que no era verdad, pero creo que es tiempo de dejar atrás todo esto. Fue terrible, pero debemos seguir adelante y olvidar. Son tan jóvenes y tienen toda la vida por delante.

Antes de marcharse su suegra le hizo una pregunta.

—¿Es verdad que van a dejar esta mansión?

Evie la miró. No lo sabía, no lo tenía decidido.

—Lady Catherine, su hijo quiere irse y yo también, necesitamos alejarnos un tiempo hasta que todo esto pase. Quizás tengamos una luna de miel en París o en otro lugar.

—Entonces regresarán?

Ella dijo que sí pero no se sintió segura.

En esa casa habían ocurrido dos crímenes y el de Sophia había sido el más terrible. Pobrecita. Lloraba cada vez que pensaba en ella. Pero luego se sentía mal porque de no haber ocurrido esa tragedia ella no sería ahora la esposa del hombre que amaba: Evan Wallace.

—Evie, deja atrás el pasado, eres la esposa de mi hijo ahora y sé que él eligió a la mujer adecuada. Eres fuerte y tienes un corazón puro y bueno. Eso se veía a la legua. Pero no dejes que esto te entristezca más tiempo. Y por favor, regresen. Ya no soy una mujer joven y esta propiedad no puede quedarse sin su señor mucho tiempo.

Evan era el señor de esas tierras, de esa casa y de otras propiedades del distrito.

Pero él tampoco quería quedarse demasiado tiempo.

Ambos planeaban hacer un viaje pues ella no hacía más que llorar y tener horribles pesadillas con Agnes y Sophie. La forma en que la miró cuando fue arrestada...

Pero no podía justificar para nada su locura y maldad, no tenía ninguna excusa.

UN MES DESPUÉS SE ENCONTRABAN en un Château de Provenza contemplando el paisaje cuando Evie tuvo la certeza que estaba encinta.

Llevaba días sintiéndose mal y su doncella que la ayudó a asearse esa mañana dijo que estaba encinta.

—Cómo lo sabe usted? —pensó que la criada era una entrometida.

Pero llevaban meses en Francia, habían estado casi un mes en París y luego habían recorrido el país, sus lugares más hermosos para terminar en el Château de un amigo de su padre que gentilmente les alquiló esa propiedad por un mes si querían.

—Señora, tiene usted cara de estar encinta por eso. Y además su panza ha crecido de repente. ¿No es así?

Ella asintió.

—Cuánto tiene de preñez?

—No lo sé, pero...

—Y cuándo se casó usted?

—Hace seis meses.

—Y su última regla, la recuerda.

Evie no podía recordarlo con certeza, pero sospechó debió ser mucho antes de su viaje. No podía saberlo con exactitud.

—Su marido lo sabe?

—todavía no. Es que no estaba segura.

—Pues tiene más de cuatro meses me parece. Debería ver un doctor. Ya se le nota y si es primeriza entonces significa que debe tener cinco meses quizás.

—Cinco meses es mucho tiempo.

—Bueno, usted es una joven saludable y algunas damas quedan encintas enseguida de casarse. ¿Cuánto hace que se casó lady Wallace?

Esa criada era una maliciosa entrometida, pero se lo dijo.

Tenía seis meses de casada, y sentía que llevaba mucho más. Tantas cosas habían casado luego de casarse en Gretna Green.

Pero si tenía un bebé eso era un regalo maravilloso.

Un regalo de Dios luego de tanta desdicha y violencia en la mansión Wallace.

Trataba de no recordar eso, de no pensar en los ojos malignos de Agnes ni en los fantasmas que encerraba.

Estaba en una nube de felicidad viajando con su esposo en esa eterna luna de miel. Era tan feliz que no quería pensar que un día tendrían que regresar.

Evie se vistió de prisa y fue a reunirse con su esposo. Él la esperaba para cenar en el comedor principesco del Château.

Pero más tarde, cuando la desnudó para hacerla suya le dio la noticia.

—Creo que estoy esperando un bebé. Por eso tuve esos mareos y pasé días que no podía comer nada... mira...

Él vio su vientre redondo y sonrió emocionado.

—¿Preciosa, qué maravillosa noticia... un bebé... por qué no me lo dijiste antes?

—ES que no estaba segura, pero fue la criada que me lo dijo hoy.

Su cuerpo había cambiado y pensó que era la comida francesa que la engordaba, pero se sentía como más mujer, más plena. Se sentía rara e inmensamente feliz al pensar en esa vida que estaba allí en su interior. Su bebé.

Su esposo acarició y besó su vientre con suavidad y entonces notó que tenía una panza endurecida, parecía haber crecido de repente. Pero como su cintura era fina no lo había notado.

—Soy un tonto... hace meses que no tienes la regla preciosa y yo...

—Solo la tuve dos veces luego de nuestra boda.

—Entonces tienes más tiempo no es tan reciente.

Él se había detenido, pero se moría por hacerle el amor, siempre la buscaba, no le sorprendía que hubiera quedado encinta enseguida. Por fortuna para ella no era como su madre que tardó años en concebirla, era una mujer fértil.

—Ven, no te vayas, me muero por sentirte dentro de mí.

—Pero el bebé... temo hacerle daño.

—No lo harás, ya está allí hace tiempo...

Pero él fue más delicado y lo primero que hizo fue besar su vientre y acariciarlo besar su panza y luego lentamente la volvió loca con esas caricias húmedas hasta que ya no pudo más. Y así húmeda y temblando le recibió en su interior, pero él fue más prudente pues temía hacerle daño.

Pero su embarazo hizo que cambiaran sus planes.

Debían regresar a Escocia porque quería que su hijo naciera allí, con el mejor doctor y la mejor partera. No podrían quedarse hasta el otoño como habían planeado.

Y eso se lo dijo cuando se quedaron unidos y abrazados.

—Pero todavía falta.

—Evie, debemos regresar. Darle la feliz noticia a mi madre. No deja de escribirme ni de preguntarme cuándo regresaremos.

Ella sonrió.

—Sí, supongo que debemos regresar.

No se sintió segura, pero él la tomó entre sus brazos y le dijo:

—Ahora todo será diferente, ya lo verás. Un nueva vida comienza, una nueva vida con la mujer que amo.

Evie se emocionó cuando dijo esas palabras.

Te amo, las palabras más hermosas de este mundo como saber que llevaba un hijo suyo en su vientre.

DOS DESPUÉS, EVIE SOSTENÍA al pequeño Clemens en brazos, lo habían llamado así en honor a su abuelo paterno y sonrió feliz.

Ahora la mansión Wallace era un lugar hermoso, cuidado, repleto de flores y felicidad. Las tristes sombras del pasado con sus secretos funestos habían desaparecido, se habían esfumado y sabía que el nacimiento de su pequeñito que era idéntico a su padre lo había cambiado todo.

Cuánto había cambiado su vida en esos dos años, cuánto había sufrido, amado, temido pero ahora luego de tanto padecer al fin era plenamente feliz.

Vio a su hijo correr y a su esposo acercarse por el sendero. Él la miró con intensidad y la abrazó, la envolvió entre sus brazos y la besó mientras sostenía a su hijo en brazos.

Y de pronto acarició su vientre a través del vestido pues tenía otro bebé en camino y eso los hacía tan felices.

* 9 7 9 8 2 2 4 0 7 8 2 9 5 *